아버지 밥상

최남숙

BM (주)도서출판 성안당

부끄럽지만 용기를 내어본다.

책을 낸다는 말에 친한 권사님이 "그래도 큰 일 하셨네요."
한다.

그렇다. 글을 쓰고 한 권의 책을 낸다는 일은 큰일을 해내
는 것이다.

수필은 팩트이다.

수필은 사실이고 진실만을 써야한다.

수필은 나를 보이고 드러내는 일이다.

나의 이야기를 세상에 드러내기까지는 용기가 필요했기에 소박하게, 겸손하게 조용히 내밀어본다. 일기를 쓰는 사람이 글을 쓸 수 있다고 한다. 국민학교 6학년 때부터 일기를 쓰기 시작했던 게 글쓰기의 시초가 되었는지. 그동안의 쓴 일기를 책으로 출간한다면 베스트셀러가 되지 않았을까.

2016년도 겨울이었다.

내가 다니고 있는 교회에 여든의 연세의 노 권사님께서 수필집을 발간하신 것을 보고 나도 글을 써봐야겠다는 마음이 들었다. 수필 반에서 만난 어르신께서 수필집을 발간하게 된 이유를 이렇게 말씀하셨다.

"이 세상 떠날 때 자녀들에게 남겨줄 만한 게 없는데 엄마의 글을 남겨주고 싶어서였어요."

그 말이 신선하게 다가왔고 나도 저 마음이면 됐다고 생각했다. 그리고 오늘의 첫 수필집을 감히 내어보인다. 이제 세상에 공표가 되었으니 꼼짝없게 되었다.

나의 마음이 읽는 분들의 마음을 움직일 수 있기를, 세상을 바라보는 내 마음을 알아주기를, 하나님의 영광을 드러낼 수 있기를, 하나님의 뜻이 전해질 수 있기를 바라는 마음으로 세상에 내어 놓는다.

'아버지 밥상'이 세상에 나오기까지 감사할 일들이 많다.

내게 글은 많이 썼느냐, 책은 언제 낼 거냐며 격려와 독려의 말씀을 아끼지 않으신 여든이 훨씬 넘으신 문학 선배이신 허영숙 선생님께 사랑과 감사를 드리며, 내 모든 글의 피드백을 해주며 애쓴 큰 딸 진영이, 엄마 글 좋다며 따뜻한 말을 아끼지 않은 막내 주은이와 남편에게도 고마움을 전한다. 책을 낸다는 엄두도 못 내고 소심하게 숨어있던 글을 풀어낼 힘을 주시고 출판할 수 있도록 모든 과정을 도와주신 성안당 출판사 회장이신 호당 이종춘 장로님께 큰 감사의 마음을 전한다.

모든 분들에게 피어오르는 봄을 화사하게 해 줄 한 권의 책이 되어주길 바라며 ….

하나님께 감사드린다.

2024년 4월

윤담 최남숙

아내의 글밭에서

아내의 생각과 관찰을 읽는 것은 새로움이고 재발견이다. 담백하고 간결한 문장 속에 꾸미지 않은 감정대로 일상을 그대로 드러내는 것 또한 큰 용기라, 읽고 또 읽으면서 남편으로 반려의 책임을 다하지 못했던 미안함이 가슴을 먹먹하게 한다. 사실과 감정보다 더 날것으로 생생하다.

동행하면서 때론 혼자만의 시간 속에서 느꼈던 아내의 그 많은 관조는 이제 한 권의 책으로 펴내는 도전의 시간으로 이루어졌다. 그 열정은 우리 가족에게도 큰 힘이 되고 있다. 펼쳐진 이야기 하나하나가 우리에게는 너무도 소중하다. 남편에게는 추억과 동반의 기쁨을 주었고, 두 딸에게는 엄마가 지닌 가슴 속 이야기들을 영원한 유산으로 물려받게 되었다.

　우리 가족의 일상은 결국 아내가 잘 차려준 밥상 위에서 안온하게 지내온 시간들이었음을 확인한다. 큰 기쁨과 감사함이다. 용기 있게 수필 책을 만든 아내에게 축하 박수를 가장 크게 보낸다. 장인어른의 밥상을 아내의 글밭에서 다시 보게 됨은 아름다운 감동이다.

　이 모든 일을 이루게 해주신 주님의 은혜에 감사드립니다.

남편

영원한 우리 가족의 뮤즈

20여 년 전, 다들 포털 카페와 메일 닉네임을 짓는 데에 한창 재미를 붙이고 있을 때였다. 어느 날 엄마가 가족들에게 닉네임을 추천해 달라고 하였고, 나름 열띤 토론을 하며 여러 의견이 오갔다. 당시 그리스로마신화에 빠져 있던 나 역시 함께 고민하다가, 들고있던 책에 적힌 이름이 눈에 들어왔다.

"뮤즈 어때? 예술의 여신이래. 엄마 음악 선생님이잖아."

이제 갓 10대가 된 장녀의 의견은 만장일치로 통과되었고, 우리 엄마의 포털 닉네임은 여전히 '뮤즈'다.

'뮤즈'를 네이버에 검색하면 두산백과는 아래와 같이 설명한다.

– 춤과 노래 · 음악 · 연극 · 문학에 능하고, 시인과 예술가들에게 영감과 재능을 불어넣는 예술의 여신이다. 또한 지나간 모든 것들을 기억하는 학문의 여신이기도 하다. 고대인들은 뮤즈를 무사(Musa)라 불렀는데, 이는 '생각에 잠기다, 상상하다, 명상하다'라는 뜻의 고대 그리스어에서 비롯된 것이라고 한다.

어렸을 적 단순하게 지은 엄마의 닉네임이지만, 지금 보니 이보다 더 엄마를 잘 설명하는 단어가 없다. 예술, 기억, 생각, 상상 …. 외적으로도 수려하고 아름다운 미모를 지녔지만(!) 사실 내면이야말로 누구보다 화려하고, 한 인간으로서 가진 에너지가 참 풍부한 사람이다. 동시에 순수하고 맑기도 하다. 그래서 엄마 이름의 마지막 글자가 맑을 '숙(淑)'자인 걸까. 아무튼 '최남숙'이라는 사람과 그 삶은 볼수록 매력적이고 아름답다.

여기 이제 그 뮤즈의 '기억'을 담은 글 모음집이 세상에 처음으로 펼쳐진다. 항상 '큰 딸' 타이틀로 살아온 나는 글을 읽으며 엄마의 삶을 최대한 관조해보려 한다. 엄마가 아니라 한 인간, 한 여성으로서 치열하게 살아온 '최남숙'의 삶을 나 역시 맑은 눈으로 바라보고 싶다.

올해 내 나이는 딱 엄마가 결혼을 결심하던 나이다. 이렇게 철없는 나이에 어떻게 결혼을 하고 가정을 이루었는지 경외감을 느끼며, 그리 오래 산 건 아니지만 나이가 들수록 내 속에 남긴 부모님의 흔적이 점점 많이 느껴진다. 내 가장 깊은 뿌리가 되는 엄마의 삶을 바라보며, 평생 잊지 못할 엄마의 향기를 기억하고 싶다.

첫 책인 만큼 의미 있고, 다음 책과 그 다음 책들도 기대가 된다. 이 글을 읽는 모든 분들도 함께 기대하고 응원해주셨으면 좋겠다.

엄마, 첫 수필집 출간 축하해. 항상 응원해. 그리고 사랑해.
2024년을 시작하며, 큰 딸 올림

세상에 하나뿐인 엄마의 책

옷깃만 스쳐도 추운 겨울, 사랑하는 엄마의 책이 출간되어 주님께 너무 감사하고 축하드립니다. 평소 문학을 즐기신 엄마의 수필들을 읽을 때마다 글에서 묻어난 엄마의 재미난 표현이 웃음을 자아내며 때로는 눈물이 나기도 합니다. 특히 엄마의 작품들 중 저의 가장 최애 글인 '아버지의 밥상'은 언제 읽어도 할아버지 본연의 모습을 회상케 하는 감동적인 작품이라 느껴집니다.

바쁜 일상을 살아가며 엄마의 든든함과 감사함을 당연시 생각했던 때가 많았는데, 이 기회를 통해 부족했던 제 자신을 돌아볼 수 있었던 것 같습니다. 너무 죄송하고 감사하단 말 전해드리고 싶습니다.

엄마의 꽃길과도 같은 삶은 이제부터 시작이라 생각하고, 글 한편 한편을 읽는 독자들의 미소를 예상하니 벌써부터 설렘과 기대가 가득합니다.

세상에서 단 하나뿐인 엄마의 한 권의 책, '아버지의 밥상' 출간을 다시 한 번 축하드립니다.

사랑해요 엄마, 우리 행복하자.

귀요미 막내딸 주은

▌차례▌

- 윤담의 머리글
- 축하글

1부 잔잔한 호수

잔잔한
호수

총 맞은 것처럼

매미소리가 들린다.

멍 하니 누워있는 나의 머리를 깨운다. 뭐가 그리 슬퍼 저리도 울어대는지. 그대 외롭다고, 그대 마음 알아 달라고 목청 높여 우는지. 금방 그치나 했더니 또 울어댄다.

금년 여름 들어 처음으로 들리는 매미 소리다. 여름이 왔음을 듣게 해주는 또 하나의 여름이다.

지루한 장마도 지나고 초복, 중복도 지난 이제야 여름을 느낀다.

시끄럽게만 들리던 매미소리가 노래 선율로 다가온다. 허전한 구멍을 메운다. 비어있는 구멍을 메우기 위한 허우적거림이며, 채우기 위한 사랑의 몸짓이다.

자기 성찰의 시간이다.

허공을 맴돌고 있는 것이 무엇인지 명확하게 잡히는 건 없는데, 잡히지 않는 뚫림이 여기저기 프리즘처럼 퍼져나간다.

내가 살아 온 흔적이.
내가 해 왔던 사랑이.
내가 보낸 이별이.
내가 이루지 못한 꿈이.
그리고 현재의 삶도 사랑도.

채워지지 않은 구멍 속에 삶에 대한 공허함으로 가득하다. 진실이었다고 믿었던 것들이 다른 의미로 다가온다. 어리석고, 이기적으로 살아온 시간은 타인에게 상처를 주었고, 상처가 되어 돌아온다. 그때의 잘못된 진실들이 세월 속에 회한으로 남아있다.

매미 소리가 비어 있는 구멍을 부드럽게 채운다. 총 맞은 것처럼 뻥 뚫려 있다가 채워지는 교차된 감정을 반복하고 있다.
모든 현상들과, 느껴지는 감정들이 나를 움직인다.

음악을 듣는 것.

음악이 들리는 것.

들리는 것과 듣는 것, 모두 내 안의 구멍이 메워지는 찰나다.

멈췄던 매미가 다시 울어댄다. 괜찮다고 위로의 음성을 보낸다.

매미 소리를 들음과 음악을 듣는 것. 비어있는 구멍을 채워주는 환희의 세계다.

교만과 욕심과 무절제를 버리고, 겸손과 나눔으로 채운다.

분노와 미움을 버리고, 사랑으로 채운다.

자유가 내 안에 들어온다.

평화로움으로 채워지는 순간이다.

아름다움을 발하는 일이다.

비움과 채움은 하나다.

비워져야만 채울 수 있다.

비워낸 구멍을 사랑으로 채울 수 있을 때, 자유로울 수 있다.

삶은 사랑이다.

사랑은 아름다움이다.

공허함이 기쁨이 되어 밝게 비출 것이다.

매미 너도 목청 높여 울어대더니, 잠들어 있는 내게 사랑의 빛을 가득 채워 주었구나. 사랑으로 나의 빈 구멍을 채우며, 가슴 한구석에 비어있는 공허한 구멍을 만들지 않겠다고 애써 본다.

매미는 더 이상 울지 않는다.

또 다른 곳에 있는 누군가의 가슴에 빈 구멍을 채워주려 날개를 폈으리라.

주변이 밝게 보인다.

허공이 메워지는 순간이다.

진정한 안식이다.

맴. 맴. 맴. 매미 소리.

잔잔한 호수

"남숙이를 처음 보고 잔잔한 호수 같다는 인상을 받았지."

"선생님 감사합니다."

수줍었지만 황홀했고 뛸 듯이 기분 좋았던 그런 시절이 있었다. 말똥구리만 봐도 까르르 넘어가던 열여덟 소녀시절 나에 대해 이렇게 근사한 글을 써주신 선생님이 계셨다.

돌멩이 던져 물 파장을 만들던 향수가 떠오르면 저 멀리서 잔잔하게 떠올려지는 잔상이 있다. 누구 돌이 더 멀리 가나, 누가 더 예쁜 파장을 만드는지 소소한 얘기를 나누던 때가 그립다.

재잘거림이 많은 여고시절, 마인드컨트롤을 하신다는 젊은 남자 선생님이 3학년 때 전근을 오셨다. 키는 작으셨고 얼굴도 체구도 모든 게 아담했던 분이셨다. 이목구비가 또렷하신 그 선생님은 오시자마자 우리들의 영웅이 되었다.

마인드컨트롤의 사전적 의미는, 마음이라는 뜻을 가진 마인드와 통제라는 뜻을 가진 컨트롤을 합한 개념으로서 본인을 포함한 누군가의 마음과 정신을 조종하는 능력을 말한다는 뜻이다.

호기심 어린 마음으로 그걸 배우겠다고 몰려든 우리들로 인해 교무실은 북새통을 이루었고 옆자리에 계신 선생님들도 몸살을 앓을 지경이었다. 마인드컨트롤을 배운 4명의 여고생들이, 남자 여자 선생님들 할 거 없이 손가락 하나로 들어 올리는 망신스럽고 믿기지 않은 신기한 사태가 여기저기에서 벌어졌다. 선생님들은 설마 자신들이 들어 올릴까 하는 자만심에 자신만만했지만 번번이 참패였다.

그 선생님한테 슬그머니 관심이 가던 어느 날, 당시에 여학생들 사이에서 한창 유행하던 앙케이드를 써 달라고 갔다. 나를 처음 보신 느낌은 어떠했는지, 결혼은 연애냐 중매냐 첫사랑은 누구였는지, 당시 사춘기 여학생들한테는 충분히 호기심과 관심거리 일 수밖에 없었던 짓궂은 질문들이었다.

그 날 선생님은 나를 '잔잔한 호수' 같다고 하셨다. 차분해 보이는 인상과 몇 가지 이유를 설명 해 주셨지만 지금은 그것

외에 기억나지 않는다.

"물이 괴어 있어 못이나 늪보다 넓고 깊은 곳"을 호수의 의미라고 사전에서는 설명하고 있는데 과분한 칭찬 같았다.

그 후로 나의 인상 때문인지 잔잔한 호수 같다는 말은 들어보지 못했다. 마음이 순수하며 맑고 영롱했던 소녀가 이만큼 살아온 세월의 흔적이 출렁이는 검은 파도로 보이는 건 아닐지. 욕심과 교만함, 이기심으로 가득 차 있는 세상에 내 모습도 젖어 가고 있는 건 아닌지. 그 어디에서 잔잔한 아름다움을 찾을 수 있을까 스스로 물어본다.

수줍음 많고 순수했던 맑고 깊은 잔잔한 호수, 남숙은 어디로 가버린 것일까. 너는 어디를 향해 가고 있니, 끊임없이 되묻곤 하지만 예전의 잔잔한 호수를 찾기에는 너무 많이 와버렸다.

나의 블로그 이름도 잔잔한 호수다. '편지를 쓰는 마음으로 살 수 있다면 한 평 땅이 없어도 족합니다.' 나의 블로그의 한 줄 평도 이렇게 올려 져 있지만 나이 들어도 변하지 않을 거라고 자신만만했던 그 마음은 무색 할 정도로 퇴색해 버린 자만심에 불과 했다.

세상이 나를 이렇게 만들었어, 나이 들어가는 자연스런 현상일 뿐인데, 다 그런 거야. 어쩔 수 없어… 이런 합리화를 하며 나도 모르게 스멀스멀 스며들고 있다. 그 안엔 투명한 내가 아니었다. 세상 속의 나만 보인다.

인생 백세시대라는데 어떤 모습으로 나를 찾아야 할까 늘 고민거리다. 게을러서 건강도 제대로 지키지 못하여 허약하고 볼 품 없는 노인이 되어 가면 어쩌나. 흙으로 빚으시어 아름다운 인간으로 만들어주신 하나님을 배신해서는 안 된다고 날마다 기도도 하지만 변하지 않는 나약함에 고개 숙이고 겸허해 질 수 밖에 없다.

이제 예순의 나이를 바라보며 세속적이지 않겠다는 마음도 나를 지켜내지 못 하고 있다. 담담하며 단단하게, 불의를 보고 분노 할 줄 아는 당당함과 순수함으로 열여덟 살의 향기를 풍겨내고 싶다. 던져진 돌에 파장이 인다 해도 잔잔한 물결로 물살을 지켜가는 한결같은 아름다움을 지니고 싶다. 하나님 보시기에 잘했다 칭찬 들을 수 있는 나이고 싶다.

그 선생님이 지금의 나를 보시면 뭐라 써주실까.

작아진 마음

햇살이 밝게 빛나는, 여느 날과 다름이 없는 아침이다. 거실 베란다에서 보이는 은행나무 이파리가 어제보다도 더 짙은 푸른빛을 띠고 있다. 저 은행잎이 노랗게 물들 때가 오면 그날의 가을 아침엔 어떤 마음일까.

밝은 햇살도, 푸른 이파리들도 지금의 내 마음을 사로잡지 못하는 아침을 연다. 저마다 제 빛을 드러내며 살아 있음을 함께 하자고 부르고 있는데 왜 내 마음은 작아지는 것인지. 아무것도 손에 잡히지 않는 아침이다. 라디오의 음악이 마음에 들리지 않는다. 숨어 있는 본능이 꿈틀대고 있는 순간이다.

결혼 초 젊은 시절에 꿈이 있었다. 이 나이가 되면 집에 음악 감상실을 만들겠다고. 그리고 당연히 그렇게 될 거라고 믿고 있던 순수한 시절이 있었다. 누구나처럼 비슷하게 지금까지 살아온 세월이었다. 아이들한테 올인 하고 직장 다니고 나를 뒤로한 삶을 살아온 듯한 시간들. 집안일과 직장 일을 병행하기에는 버거운 나의 체력을 남편이 그 몫을 감당해 주었고 그전에 바라보던 그 나이에 서있다.

아직 꿈을 이루지 못한데서 오는 가끔은 그런 것들로 인해 마음이 낮아질 때가 있다. 오늘이 가끔인 그 날인가보다. '난 아니라고, 난 욕심 따윈 없다고' 으쓱대며 남의 일 보듯 했었다. 겉으로는 아닌 척, 안에서는 여느 내 또래 여인네들이 품고 있는 크고 작은 탐심이 있었나보다. 부러움일 거다.

내가 다니고 있는 교회의 부목사님을 모시고 어느 집사의 집으로 심방을 갔다. 아무런 탐심도 부러울 것도 없었던, 남의 것인 양 평안했던 마음에 부목사님의 말 한마디가 물을 끼얹었다.

"오! 집사님 오디오 앰프 너무 좋아 보이는데요? 어디 음악 좀 틀어보세요. 저런 앰프는 어떤 소린가 한번 들어보고 싶네요."

꽤 가격이 나가 보이고 웅장해 보이는 그 집사님 댁의 오디오 앰프와 스피커가 거실에 들어서니 눈에 들어왔고 순간 부러움도 함께 들어왔나 보다. 같이 가신 목사님의 눈에도 커보였는지, 아마도 저 때부터인가 싶다. 목사님의 말이 별 말이 아닐진대 나의 작아진 마음이 우울함으로까지 번지고 나를 누르고 있는 이 기분은 멍이 되었다.

그 멍은 며칠이 지나도 자리하고 있다. 기도를 해도 멍은 가시질 않는다. 나는 아니라고 믿고 있던 스스로를 다시 느끼는 시간이다. 지금까지 별 무리 없이 잘 듣고 있는 우리 집 오디오가 금방 시시하게 들려온다. 인간은 간사한 동물이라는 사회 교과서의 말이 나를 두고 한 말일 줄이야. 환경에 지배당하고 있음을 부인 할 수 없다. 나만 아닌 건 없다. 그저 어리석고 남과 비교 당하는 거에 자존심 상하고 사촌이 땅을 사면 여지없이 배가 아파온다.

'나도 그랬었구나. 아니긴 뭐가 아니야.' 자괴감마저 짓누른다. 분명 이건 아닌데 걷잡을 수 없는 소용돌이 속에서 결국은 눈물마저 흐른다.

'누구나 다 그래, 나만 그런 게 아니야. 괜찮아.'

이젠 혼자 위로하고 얼러주는 시간이다. 이 시간은 철저하게 고독하고 혼자와의 싸움이다. 작아진 불씨에 나를 부르는 음성이 들린다.

"너 잘 살아 왔어. 욕심 부리지 않았어."

주변은 조용하다. 주변이 밝아진다.

이제야 제대로 숨이 쉬어지며 밝은 햇살에 눈이 부셔온다. 이겨냈다. 감사할 게 천진데 그깟 비싼 오디오가 무슨 대수냐고 너털웃음을 지어본다.

남편들은 직장에, 아이들은 학교 간 시간. 아줌마들은 카페에 저마다 모여 또 자기들만의 작은 마음을 풀어내겠지. 한층 더 성숙하고 아름다움으로 가는 그녀들만의 시간일 것이다.

이제 커피 한잔 해야지. 커피 물 끓는 소리가 오늘따라 맛있게 들려온다. 〈강석우의 아름다운 당신에게〉라는 CBS 라디오 프로에선 강석우의 따뜻한 음성이 부드럽게 기분 좋게 흘러나온다. 황인용의 카메라타*에 비한다 해도 손색이 없는 근사한 나의 오디오. 나의 작아진 마음을 다독여 줄 수 있고

---

* 카메라타: 헤이리 마을에 있는 황인용이 운영하는 음악 감상실

베토벤을 들으며 넉넉한 마음을 갖게 하는 나의 사랑방. 이거면 된 거다!

"하나님! 감사합니다. 부러움과 탐심으로 가득 찼던 작아진 마음에 천국의 마음을 주서서 감사합니다."

은행나무에 은행 알이 열리고 은행잎이 노랗게 물드는 가을이오면 그때는 좀 더 커진 마음으로 이 시간을 맞이할 수 있을 것 같다. 속이 꽉 찬 은행 알처럼, 작아있던 내 마음이 은은한 향기로 온전히 채워질 것을 믿어본다.

모자람

지하철 안에서, 늦은 출근길에 젊은 여성들의 화장하는 모습은 종종 볼 수 있는 광경이다.

앞에 앉은 이십대로 보이는 여자는 화장을 한다.

자기 집 안방에서나 쓸법한 커다란 손거울을 꺼낸다. 쿠션*과 간단한 기초화장 정도로 끝내나 했더니 점점 더 현란해진다. 쿠션을 바른 후 콤팩트로 덧칠한다. 아이섀도를 서너 가지나 바르더니, 눈썹도 그린다. 그런 모습을 누가 안 봐주나, 서 있는 나를 힐끔힐끔 쳐다보며 행동은 더 커지고 있다. 난 이렇게 아무것도 아랑곳 하지 않고 당당하다는 얘기를 하려는 것인지.

---

* 쿠션: 파운데이션을 콤팩트의 형태로 만든 얼굴에 바르는 화장품

뭘 보이기 위함인지, 분주하다. 예뻐 보이거나 당당해 보이지 않다는 것을 그녀는 모르는 것인가. 아이섀도와 눈썹 그리기를 끝내더니 길지도 않는 속눈썹을 들어 올린다. 뷰러*로 들어 올린 양팔의 행동반경이 옆 사람에게 불편함을 줄 정도로 넓어진다. 옆에 앉은 아주머니 눈살이 찌푸려지기 시작한다. 내심, 이 여자는 왜 이러냐는 듯 내게 공감의 낯빛을 보낸다. 나도 거슬린다고 눈짓으로 맞장구를 쳤다. 뷰러로 들어 올린 속눈썹에 마스카라를 바른다. 손놀림이 매우 정교하고 정성스럽다. 눈 아래 애교 살을 넣는다고 살색 섀도를 바른다. 코 잔등 양위에 검은 펜슬로 점을 대칭으로 찍는다. 그 점은 왜 찍느냐고, 무슨 의미인지 묻고 싶다. 립스틱을 두세 개 겹겹이 바른다. 이마에도 찍어 바른다. 끝났다. 완벽한 화장이다. 부족한 건 없는지 거울을 들어 이리저리 살핀다. 끝났나 했더니 헤어브러시를 꺼내어 머리를 빗는다. 대여섯 번 빗질을 한다. 팔 전체를 휘두르며, 옆에 앉은 사람은 아랑곳 하지 않고 요란하다. 옆의 아주머니가 그녀를 노골적으로 째려본다. 여기서 멈추지 않았다. 여

---

* 뷰러: 속눈썹을 들어올리기 위한 화장 도구

행 가방처럼 보이는 큰 가방을 다 보일 만큼 펼치더니 뭔가를 찾는 듯 부산스럽다. 이것저것 뒤적이더니 긴 바지를 꺼내어 길게 들어 올리고는 돌돌 말아서 다시 가방에 넣는다. 가방 정리를 하는 모양이다. 그 안에 속옷도 보인다. 세상에나! 정말 특이하다. 이젠 수첩을 꺼내어 뭔가를 쓰기 시작한다.

거기까지 보고 도착지에 내렸다. 다음 행동을 상상하게 한다.

그녀의 행동에 마음이 쓰인다. 편치 않다. 단순히 예뻐지기 위한 화장이라고 보기에는 과한 행동이다.

모자람을 채우기 위해 우리는 나 아닌 나로 포장을 한다. 열등감이 많은 사람일수록 목소리가 크다. 상처도 잘 받는다. 상처를 감추기 위해 웃음으로 빗댄다. 더 커 보이기 위해 과잉된 행동을 한다. 어떻게 보이는지가 중요하다.

지하철 안에서의 그녀도 그것의 일환으로 보인다. 깊은 곳에 묶여 있는 상처로 본다면 그녀의 가치를 절하하는 것인지.

아름다워지고 싶은 여자의 본능은 여성만의 특권이다. 그녀의 행동은 특권을 넘어선 자신의 부족함을 채우려고 안간힘을 치듯 보인다.

무엇을 채우기 위해서 애를 쓰는 것인지.

그녀를 그렇게 만든 건 무엇인지.

거슬리게만 보이던 그녀를 자꾸 되돌아보게 한다.

바이러스

이부자리 정리를 하는 게 얼마만인지. 창을 열고 환기를 시킨다.

벌써 봄인가….

영하 11도의 혹한에 내 안에는 봄이 왔다. 몸 안에 숨어 살던 바이러스가 다 빠져나간 느낌으로 아침이 가볍다. 마치 입덧을 막 끝낸 새댁처럼.

뭉쳐있던 근육이 풀린다. 각자의 자리로 돌아가 편안함을 찾아 제대로 숨 쉬고 있음을 내 몸이 말을 한다. 몸이 풀리면 집안부터 치우는 우리 엄마들. 창을 열고 화초들에게 바깥바람을 쏘여주고, 그동안 보살펴 주지 못 해 미안했다고 목마름에 물을 준다. 모든 게 제자리다. 미세먼지로 하늘이 뿌옇고, 숨이 막힐 지경이지만, 밖의 바람이 그리워 창을 연다. 막혀 있던 가슴에 큰 심호흡을 하며 베란다 창가에 서있다.

새해 첫 날, 신년 예배를 드리고 오자마자 쓰러져 감기로 자리보존 한지 이십여일 만이다. 감기가 아니고 독감이란다. 주사도 약도 소용없이 그냥 자기 자리인 양 밀고 들어오는 데는 장사가 없다. 무방비 상태로 당하고만 있어야 했던 시간들에 속수무책 일 수밖에 도리가 없다. 이놈의 바이러스들.

온통 나라가 독감으로 난리다. A형이니, B형이니 독감 예방 주사를 맞았느니, 안 맞았느니. 만나면 그게 인사다.

여러 형태의 바이러스들이 사람들을 우롱하며 판을 치고 있다. 온갖 독소들이 각양각색으로 상상을 뛰어 넘는다. 상식 이란 게 없다.

분통이 터진다. 여덟 살 여자 어린아이에게 몹쓸 짓을 한 범인이 버젓이 살아나오는 것을 보며, 울분을 터트리는 이가 비단 나뿐이겠는가. 아름다운 것들에 비해, 눈살 찌푸리게 하는 뉴스들로 주를 이룬다. 십대 폭력이란 끔찍한 사건들이 연일 보도 되어, 우리의 마음을 편치 않게 한다. 분노가 인다.

더 이상 십대가 아니다.

저 깊은 내면에 도사리고 있는 마음의 상처들은 육신의 아픔이 되어 감히 인간이 저지를 수 없는 죄악들로 물들고 있다. 병들어 있는 현대 사회는 물질의 풍요로움만큼이나 바이러스도 질세라 기승을 부린다. 인간인지 짐승인지 분간조차할 수 없는 범죄들이 세상을 뒤덮고 있다. '짐승만도 못 한 놈'이란 옛 말이 이제는 현실화 되어가고 있다. 눈앞에서 버젓이 저질러지고 있는 악행들을 보면서도 어느 누구 하나 어찌 할수 없는 현실 앞에 우리는, 가슴을 치고 만다.

감기 그까짓 바이러스에 내 몸뚱이 하나도 꼼짝 못 하고 끌려 다니는 힘없고 부실한 인간들이거늘, 뭐가 그리 잘 났다고 큰 소리 치고 사는지.

고뿔, 감기가 모든 병의 근원이라고 했다. 감기를 우습게 보면 폐렴이 된다. 세상의 독소들도 감기로 시작 하더니 암으로 자라나고 있다. 육체를 괴롭히는 바이러스가 있는가하면, 멀쩡한 사람을 건드려 병들게 만드는 바이러스도 있다. 정신 차리고 살지 않으면 언제 무슨 꼴을 당하게 될지 예측이 안되는 게 현실이다. 인간의 힘으로 할 수 있는 것은 아무엇도 없다는 것을 모르기에 그들의 세상인 양, 마냥 날뛰고 있을 것이다.

　햇살이 주는 행복, 바람에서 느껴지는 상쾌함.

　이런 것들로부터 몸속의 바이러스들이 깨끗이 씻겨 나가는 듯한 아침. 간사하기는, 언제 그랬나 싶게 날아 갈 것 같다. 내가 좋아하는 보리밥에 열무김치 넣어 강된장에 비벼 먹고 싶다. 군침이 돈다. 오늘은 링거도 한 대 맞고, 교회 앞 이름난 깡장에 가서 강된장을 먹어야겠다. 지난 3주 동안 입에 밥을 못 대고 살았으니 그 허기짐으로 배를 채우고 있다. 좋다는 건 다 섞어 만들었다는 칵테일 주사로 기운을 차려볼까.

　아무리 강한 척, 잘난 척 한들 고작 감기에도 이렇게 맥을 못 추고 쓰러지고 마는데. 수액에 몸을 의존하며 버티는 나약한 존재일 수밖에 없는데.

　감기 바이러스와 함께 현대인들의 내면에 공생하고 있는 독소들도 말끔하게 씻어 낼 수 있는 사회가 오길 바란다.

　세상을 밝혀 줄 수 있는 희망바이러스가 모든 독소의 뿌리를 뽑아, 맑은 눈과 마음으로 법 없이도 살아가는 길이 열리기를 숙고해본다.

하나님을 믿는 나이기에, 어지러운 세상을 하나님께 맡긴다고 눈물로 기도드린다.

세상이 밝아지기를.

바이러스가 맥을 못 추는 세상이 오기를.

누구든지 어두운 눈으로 바라보지 않기를.

사랑으로 가득 하기를.

우리의 2세들이 병들지 않고 살아갈 세상이기를.

이번에도 지독하다는 독감 바이러스를 또 이겨냈다.

이놈의 바이러스 다음에 또 오기만 와봐라!

그 날 아침

강남 성모병원 사거리, 오전 열시쯤.

추적추적 내리는 비가 왠지 상쾌하게 다가오는 아침. 신선한 아침 공기에 차창 밖으로 눈이 돌려진다.

라디오에선 슈베르트의 군대 행진곡이 힘차게 흘러나온다. 듣는 내 마음이 짧은 순간 서글픔과 불쌍한 마음에 머물고 만다. 군대 행진곡이 무색해질 만큼.

음악과 함께 내리는 비에 한껏 내 마음을 맡겨보지만, 그런 내 마음을 이내 멈추게 한다.

환자복을 입은 노인이, 간병인으로 보이는 남자가 이끄는 휠체어에 앉아 끌려가듯 도로를 걷고 있다. 산책 나온 모양이다. 초점 없는 눈으로 목적 없이 앞을 직시하며 어디로 가는

지도 모르는 듯 가는 모습이 눈에서 떠나질 않는다. 끌어 주는 대로 이끌려 갈 수밖에 없는 그의 상황이 서글퍼 보인다. 휠체어가 가는대로 이끌려 가는 노인한테 무슨 기운이 남아있을까. 우산을 받쳐주지 않았다고 한들, 왜 안 씌워 주냐고 큰 소리 한 번 낼 수 있었을까. 편치 못한 몸에 비를 맞으며 휠체어는 걷고 있다. 어쩌면 그 할아버지는 자기가 비를 맞고 있다는 사실 조차도 모르고 있을지도 모른다. 어디가 아파서 저렇게 시린 얼굴일까. 부인이라도 있어야 할 자리에, 무표정하며 의무감으로 무장한 듯 보이는 오십대 후반쯤 되어 보이는 남자가 그 자리를 지키고 있다. 부인은 먼저 세상을 떴나, 자식들은 모두 직장에 나갔나, 하는 측은함에 한없는 아픔이 나를 죄어온다. 아무런 동요도 없이, 여전히 비는 내린다.

어느 새 신세계백화점에 들어선다. 파란 신호로 바뀐 기억이 없는데 사거리를 지나 여기까지 왔다. 지하 주차장이다.

반가운 수필 수업 시간.

조금 전에 보았던, 휠체어에 몸을 실은 노인의 안색이 머릿속을 가득 메우고 있다. 노인의 몸짓과 얼굴과, 표정 없는 눈가가 아른거려 편치 않은 마음이다. 요즘은 흔한 풍경이 되었지만 볼 때마다 마음이 서글퍼진다. 백세 시대에 저런 상황이 안 되리라는 보장이 있나. 미래의 나의 모습이라고 상상해 보니 아찔하다.

요즘 사회적으로 노인 문제가 화두다. 누가 풀어가야 하는지, 답이 없다. 내가 책임지고 나를 지켜 가야 한다. 사회보장 제도가 아무리 잘 되어 있다 한들 어디까지 따라 갈 수 있겠는가. 청년들은 점점 결혼에 대해 자유로워지고, 자녀 양육에 대한 미래를 계획 하지도 않는 현실이다. 독신이 로망인 양, 한껏 자신 있다고 으쓱대는 청년들한테 일침을 가한 어느 앵커의 말이 떠오른다. "그들이 나이 들어 독거노인이 됐을 때를 그들은 알까요?"

초점 없는 허연 눈동자가 안 되려면, 누군가의 손에 이끌려 도살장으로 가는 듯 웃음기 없는 창백한 얼굴이 안 되려면, 지금 잘 살아야 한다. 내 몫이다.

큰 소리 치기에는 너무 허약해 보이는 지금의 나의 모습. 부끄러운 나머지 너 지금까지 뭐했냐고, 혼이라도 내고 싶다.

아흔을 넘긴 나를 거울에 비춰본다. 병들어 누워 있는 날에는 그 책임을 어찌해야할까. 부끄러움이 스며든다. 부모에게 안 좋은 일이 생기면 슬퍼할 자식들 얼굴 떠올리며 건강 지키라고 했던 스승님의 말씀이 오늘따라 더 서글프게 내려앉는다. 엄마 때문에 가슴 아픈 일을 안겨 주어서는 안 되는데. 엄마 때문에 자식들을 울려서는 안 되겠기에.

그 날 아침의 노인은 비를 맞는 줄도 모른 채 어디까지 갔던 걸까. 돌아오는 마음은 얼마나 시렸을까. 아버지를 뵈러, 남편이 걱정 되어 저녁에 들른 가족들이, 아버지, 남편의 차가운 아침 산책을 알기나 하려는지. 보이지 않게 흐르는 눈물을 볼 수나 있으려는지.

점점 메말라가는 사회 정서에 현대인들의 병은 깊어만 가고 있다. 누구 탓으로 돌리기에는 너무 깊이 뿌리 박혀 있으니 잘라 낼 도리가 없다.

서로서로 다독이며 사랑하고 긍휼한 마음이라면, 비를 맞으며 산책하는 할아버지의 모습 같은 것은 보이지 않았을 것을.

비를 맞게 하는 그런 간병인 따윈 없었을 텐데.

그렇게 만든 현실과 사회가 야속하고, 사랑보다는 이기적인 인간들에 대한 회의가 몰려오는 아침이다. 나부터 달라져야 한다.

믿음, 소망, 사랑 중에 제일은 사랑이어라.

내내 그 아침에 나를 머물게 한다.

경이로운 것

텁텁한 연못가에 톡톡 튀는 움직임이 보인다. 자기 색을 드러내며 나래를 편다. 연두색 등딱지를 뭍으로 올리며 겨울잠을 잔 개구리가 살아있음을 신호한다. 생명체는 귀하고 아름답다. 살이 찌고 단단해진 개구리는 초록색으로 옷을 입는다. 무섭다고 숨으며 보호해 달라고 나뭇잎 뒤로 몸을 감춘다.

수양버들이 너울대는 봄 향기에 경탄하며 아름다움에 매료된다. 여름이 왔다고 짙어진 녹음이 하늘과 구름 사이로 햇살을 가린다. 눈앞에는 초록으로 둘러싸여 있다. 멀리 보이는 산이 녹색으로 덮혀있고, 향기가 그윽한 아카시아 꽃잎 떨구고 난 자리에는 초록빛깔로 자기 자리를 찾아 싱그러움을 발산하고 있다. 솔 나무와 사철나무들은 사계절을 초록으로 겨울의 삭막함을 지켜내고 있다. 초록이 없는 세상이 존재할 수 있을까.

초록색을 좋아한 게 언제부터였는지 기억에 없다. 철들어보니 눈에 먼저 들어오는 건 초록 빛깔이었다. 초록 셔츠, 초록 니트, 초록 원피스, 초록 블라우스, 초록 털스웨터, 초록 머플러로 나의 옷장을 채운다. 나무를 좋아하고 산을 좋아하고, 자연을 사랑하고 집안에도 화초로 가득하다. 하늘 아래 세상을 이루는 건 초록이 감싸고 있다.

초록은 강한 매력이 있다. 초록이 주는 신선함은 호흡을 새롭게 하게 한다. 햇살을 눈 위에 두고 숨을 깊게 들이 마시면 초록이 보인다. 햇살과 함께 우리에게 생명과 안식을 준다. 평화와 안식은 우리에게 힘을 주며 그 힘으로 사랑을 이루고 소망을 싹틔운다. 초록은 사랑이고, 신선함을 떠오르게 하는 생명체를 이루는 에너지다. 세상을 지으신 하나님이 자연을 만드셨다. 하늘과 땅, 산과 바다. 세상이 푸르러졌다. 초록은 자기혼자 빛을 내지 않는다. 자기 본연의 몸을 숨기고 어린아이 같은 사랑스럽고 수줍게 연두 빛으로 서서히 푸르름을 드러내며 자기의 존재를 겸손하게 내어보인다. 여린 모습에 도취되어 있는 우리에게 여물은 성숙한 모습을 보인다. 세상을

온통 초록으로 뒤덮는다. 녹음이 우거진 여름은 생수와 같은
활기가 넘친다.

초록은 우리를 경탄케 한다.
초록을 좋아하는 이유이다.

환 희

지금
볼 수 있다는 건
화려한 일이고

지금
들을 수 있다는 건
찬란한 일이고

지금
그들과
웃을 수 있다는 건
행복한 일이고

지금

글을 쓸 수 있다는 건

감격스러운 일이다.

모든 건

봄. 여름. 가을. 겨울을

맞이하듯

아름답고 빛나는

환희이다.

서운했니

모처럼 화초들에게 말을 걸었다.

"춥진 않았니? 서운하진 않았어? 그동안 내가 너희들에게 너무 무심했지 미안해."

요즘 바쁘다는 이유로 제대로 돌보지 못한 안스러움으로 미안했다. 항상 12월 이맘때면 화초들도 자기네 보금자리를 찾아 거실로 들여왔는데 아직도 베란다에서 거두지 못하고 있다. 많이 추웠겠다.

물을 주고 창문도 열어 바람을 쏘여 주니 금방 내 맘을 알아차린 양 생기가 돈다.

나와 같이 20년이 된 인삼벤자민, 내가 아끼는 사랑초도 십년이 넘었고 그 외에도 파키라, 호야 등 20여 가지 되는 화초들. 모두들 나와 함께 십년, 혹은 이십년이 넘는 세월을 함께 한

정든 녀석들이다. 내가 아끼고 키워온 생명체들. 풀죽어 고개 숙이고 있던 꽃들이 한 모금의 물로 생기 있게 다시 살아 오른다. 꽃 피우기 힘 든다는 자그마한 호야에 꽃이 피던 날. 공들여 십년을 키운 마음도 모른 채 언제 꽃을 피울지 여지조차 주지 않았던 호야에 꽃이 피던 날, 그건 마치 새 생명을 잉태 한 그런 기쁨이랄까…. 호야에 꽃이 피었다고 식구들을 불러내고 사진을 찍어 카카오스토리에 올리고 했던 날. 그건 생명을 가진 것만의 살아있는 숨결이리라.

그 집의 화초를 보면 그 집안의 형편을 알 수 있다고 한다. 주인 부부가 사이가 좋은지, 가족들은 건강한지, 사업은 잘 되는지.

그랬다.

내 몸이 아플 때나 나의 기분이 평소와 다를 때면 며칠 눈길을 못 줬을 때면 여지없이 눈치라도 채듯 기운 없는 몸짓을 보이곤 한다. 왜 자기들을 안 쳐다보냐고 어디가 아프냐고 무슨 일이 있냐고 되레 내게 말을 한다. 그 모습이 안쓰러워 내 몸이 어떻든지 기운 없는 몸으로 물을 주러 나간다.

세상의 모든 것들이 말이 통한다고 다 감동을 주는 것도 아니건만 말 못하는 화초들은 배반을 하지 않는다. 눈으로 보며 통하고 함께 숨 쉬고 있음이 느껴지니 기쁨이고 사랑이다.

모든 생명체들에게 정성을 기울인다는 것엔 바쁘다는 이유는 궁색한 핑계일 뿐이다.

오늘 내가 눈을 맞추고 말을 걸어주니 그동안의 나의 게으름과 무관심에 서운했던 마음이 조금은 녹아 내렸으려나. 사랑만이 살아 숨 쉬는 우리 생명체들에겐 소망이고 기쁨이고 삶의 이유일 것이다.

우리와 함께 하는 동안 사랑초, 인삼벤자민, 호야, 만리향, 스타트필름, 파키라, 그리고 난초야, 올 겨울도 싱싱하고 따뜻하게 너의 사랑을 꽃 피워 다오! 향기가 만 리를 간다 하여 이름이 만리향인 너는 오월에 꽃을 보여줘. 너도 올겨울 추위와 바람을 잘 이겨내고 내년 봄엔 다시 또 아름다운 향기와 꽃을 피워다오. 이 세상 곳곳에 너의 향기가 가득 하도록. 그 곁엔 내가 있잖니, 내가 있어 줄게.

고마워 사랑해.

이 세상 어느 것 하나 소중하지 않은 게 없다.

모든 게 다 사랑이다.

다시는 잊지 않을게

겨우내 조용히 자기 자리 지키던 은행나무에
새 싹이 틔어 오른다.
살아 있었다고.
보이지 않는다고 죽은 사람 취급하여 고 몇 달을 잊고 있었
는데.
자길 봐 달라고 얼굴 내미니 미안하네.

눈에 보이는 게 다가 아니라고.
곁에 있는 것만이 최고가 아닌 것을
보이지 않는 어딘가에서도
항상 봐주고, 지켜주며 기도 해 주고, 안부를 물어주는
누군가 있기에

오늘 나는,

내리는 눈을 보며 살아 있음에 환희와 감사가 가득하다.

은행나무야!

다시는 잊지 않을게

두 계절을 살 찌워서

탱글탱글한 열매 맺어주려무나

노란 예쁜 은행잎도 보게 해 주려무나.

놓 임

새벽 4시
침대에 벌러덩
아이고 편해
터지는 함성
묶여있던 신경들이 제 자리로 돌아가는 시간
이제 살았다

이것이 최고의 안식이지

억울해

오랜만에 남편과 함께 오빠를 만났다.

개구리가 빠끔히 고개 내미는 경칩. 앞서 봄이 온 듯, 3월 초순의 날씨가 포근하다.

인사동 좁다란 골목 안에 있는 김치찜 집엘 갔다. 평일 인사동 거리는 복잡하지 않아 인사동의 본 모습을 둘러보기 좋았다.

아침 일찍 연합 TV의 방송을 마치고 피곤하다며 오빠는 막걸리 한 잔을 하겠다며 혼술을 했다.

"남숙이 너, 진영아빠한테 잘해! 잔소리도 그만 하고!"

아니 갑자기 밑도 끝도 없이 이게 어인 말인가. 나는 남편한테 특별히 잘하지는 못 해도 남들이 하는 만큼은 하고 있다고 생각하는 터이기에 오빠의 말이 뜬금없이 들렸다.

"아니 오빠, 내가 이서방한테 특별히 못해주는 게 없는데?"

"뭘 잘해? 그리고 진영이한테도 너무 그러지 말고."

"밥 삼시세끼 다 해주고, 집에 있어도 눈치 안 주고, 남편 퇴직 하는 날, 집에서 풍선 달고 손뼉 치며 노래하고, 꽃다발에 선물에 퇴직 기념 감사패도 해주고 퇴직 기념 글도 써주고 누가 그렇게 해? 젊을 때 술 먹고 늦게 들어와도 잔소리 한 번 안 했는데 오빠가 뭘 모르네?" 억울함의 극치였다.

중학교 3학년 때의 일이다.

"최남숙."

"네에~~!"

수업 시간에 출석을 부를 때마다 나의 대답소리에 반 아이들 모두가 웃곤 했다. "네"하는 소리가 다른 애들보다 한 톤 높아서 웃긴다고 했다.

"너 목소리 진짜 이상하다."

"너는 더 이상해. 남자 목소리 같으면서."

내 목소리가 이상하다는 말에 기분이 상해서 쏘아 붙였다.

대학 1학년 학교 앞 카페 안.

친구들과 모여 있는 룸은 카페 저 안 쪽 구석에 있었다. 약속 시간 보다 늦은 친구가 구석까지 잘 찾아왔다.

"어떻게 잘 찾아왔네?"

"입구에서부터 남숙이 목소리 듣고 찾아왔지."

내 목소리 톤이 다른 사람보다 한 톤 높다는 이유로 그 후로도 내 목소리에 대한 많은 애기가 오고갔다.

며칠 전, 자주 가는 평창동의 단골 이태리 식당 사장한테 또 목소리에 대한 한 소릴 들었다. "오늘 음식은 유난히 더 맛이 있네요. 제가 여기 소개해서 오는 분들이 엄청 많아요." 갈 때마다 사장은 보질 못 하고 그 날 모처럼 사장을 본 김에 음식 맛에 대해 칭찬을 했다.

"아유 감사합니다. 제가 사모님을 알지요."

"어머, 사장님 절 아세요? 제가 자주 와도 사장님은 오늘이 두 번째데요?"

"아니요, 목소리로 기억해요. 목소리가 독특하시잖아요?"

목소리가 카랑카랑하다고 수학선생 아니냐고, 성악을 전공했느냐고, 깍쟁일 것 같다고. 간혹 목소리가 예쁘다며 칭찬의 말을 해주는 훈훈한 사람도 있었다.

한 톤 높은 목소리와, 그리 후덕해 보이지 않는 첫 인상 덕분에 나에 대한 평가는 그냥 점수를 깎고 들어간다. 이렇게 만들어진 얼굴과 목소리는 내 탓이 아니건만 나의 생김새 탓에 손해가 이만저만이 아니다. 남편 바가지는 엄청 긁어대고 자식들에게도 성적을 다그치고 내 방식대로 가둬 키우는 그런 엄마인 줄로 보이나 보다. 정 반대인 것을 그들이 알 리가 없다. 남도 아닌 내 형제인 오빠도 그런 줄 알고 있는 게 분명하다. 겉으로 보이는 게 다가 아니라고 했거늘, 나 아닌 다른 모습으로 보여 질 때 달리 입증 할 게 없다. 버선발이라 뒤집어 보일 수도 없는 노릇이다.

불혹의 나이면 내 얼굴에 책임을 지라고 했다. 불혹은 언제였는지 까마득한 나이임에도 남편에게 바가지나 긁고 아이들을 잡아대는 엄마로 보인다면 남을 탓 할 일이 아니다. 억울해도 할 수 없다. 나는 아니라고, 나는 따뜻한 여자라고, 쿨한 여자라고 등짝에다 써 붙이고 다닐 노릇도 아닌 것을.

헤어질 때쯤 술기운이 얼근하게 오르니 오빠가 그런다.

"우리 남숙이 문제가 많지. 글도 잘 쓰고, 피아노도 잘 치고. 흐흐. 글을 잘 쓰고 못 쓰고 보다 마음이 따뜻하니까 그런 글이 나오는 거지."

나의 등단작 〈아버지 밥상〉 얘기를 한다. 〈아버지 밥상〉을 읽을 때마다 눈물이 나서 읽을 수가 없다며 또 눈에 눈물이 그렁그렁 한다. 오빠의 눈물을 보며 오빠가 나의 마음을 알고 있구나, 하는 생각에 억울함이 해소됐다.

그래. 내 목소리가 카랑카랑 하면 어떠리. 내 얼굴이 깍쟁이 같다한들 어떠리.

바라보는 마음대로 바라보라하지.

불어오는 훈훈한 바람이 내 얼굴에 말을 한다.

"억울하지 않으려면 앞으로는 더 잘 해!"

2부

향 기

아버지 밥상

콩 삶은 거, 무나물, 된장국. 숟가락 하나.
아버지의 밥상을 마주한 나는 눈물이 고인다.

"아버지 잘 지내셨어요?"
"그럼 난 잘 있지. 흐흐"
"애기들은 잘 있냐?"

이제 대학생, 고등학생이 된, 다 큰 우리 진영이 주은이를 부르시는 이름이다. 아버지는 늘 당신은 괜찮다고 하시면서 아흔이 넘으신 연세에 오십을 반이나 넘긴 딸을 항상 걱정하셨다.
밥은 먹었냐고. 차 조심, 운전 조심 하라고….
살며시 내 가슴에 아버지를 품어 안아 드린다. 단단하고 당당하고 자신감 넘치던 천하를 호령 하듯 우렁찬 목소리는 어디가고 가냘픈 뼈만 잡히는 우리 아버지. 마치 어린애와 같은 그 작은 몸집이 예전의 아버지였나!

웃음이 인자하시고, 마음을 녹아내리게 할 듯한 눈웃음으로 여인들의 가슴을 많이도 설레게 했을 아버지.

가지나물, 돌나물에 고추장을 넣어 밥을 슥슥 비비시고, 소주 한잔을 늘 반주로 곁들여 드시던 아버지였다. 새콤 달콤 무쳐진 미나리나물도 아버지 밥상엔 언제나 놓여 있었다. 아버지가 좋아하시는 갈치조림, 꽁치조림도 엄마는 밥상에서 떨어뜨린 적이 없었다. 그렇게 소주를 반주 삼아 맛있게 드시던 아버지 모습이 지금도 선한데 아버진 지금 어디 계시는지.

5남매 중 나는, 입맛도 성격도 생김새까지도 아버지를 가장 많이 닮았다. 정전이 되어도 제자리에 있는 손톱 깎기를 갖다 드릴 정도로 아버지의 비서인양 잔심부름을 많이 하곤 했다. 그래서인지 셋째 딸인 나를 많이 귀여워 하셨다.

그렇게 소주를 반주로 즐겨 드셔서 그랬는지.

어느 날 알코올만 들어가면 안 하던 모습이 보이고 점점 힘

들어 하셨다. 술을 대하는 시간이 늘어나면서 알코올 중독 증세가 보이기 시작했다. 혈관성치매도 진전이 되어 눈웃음이 일품이시던 미소가 줄어들고, 예전의 온화한 아버지의 모습도 잃어가셨다.

일편의 방편으로 치료차 요양원에 모시기로 했다. 아버지를 요양원으로 모신 후의 쓰라린 가슴을 어찌 다 말로 표현할까.

그 후로 아버지는 가지나물에 밥을 비벼 드시는 산해진미를 맛보지 못하셨다. 요양원에 가면 드라이브도 시켜드리고 맛있는 것도 사드린다지만 그 때의 갈치조림과 미나리나물에 소주를 반주로 드시던 그 밥상과 어찌 견줄 수 있을까.

아버지의 한 손은 사위 손을, 다른 한 손은 내 손을 꼭 잡으시고 내 팔에 의지하며 아기 걸음 걷듯 따라 걸으신다. 뭐 사드릴까, 여쮀보면 아무거나 다 맛있다고 하시며 그저 좋아하신다. 차를 타고 밖으로 나오시면 바람이 시원하다며 마냥 어린애와 같으시다.

단골 찻집으로 간다. 카라멜마끼아또가 달달 하다며 좋아하신다. 블루베리 와플을 남편이 한 숟가락씩 떠서 입에 넣어드리면 "너희도 먹어" 라고 하시면서 잘도 받아 드신다.

　아버지의 그 모습이 지금도 애달프기만 하다.

　해가 뉘엿뉘엿 떨어질 때면 아버지와 헤어질 시간이다. 하루만 자고 가라고 애원 하듯, 아버지 눈가에는 어느새 서운함이 가득하시다. 내일 또 올게요, 희망 어린 말을 남기고 오지만 단 한 번도 내일 간적은 없었고 일주일을 기다려야만 했다. 그 때 아버지 곁에서 따뜻한 잠자리 한 번 되어 드리지 못 한 것이, 아버지의 간절한 원을 들어드리지 못 한 것이 내가 지금 통곡하는 이유가 되었다.

　왜 그랬는지. 집에 애들이 혼자 있다는 이유로, 교회 가야 한다는 이유로, 요양원에서 가족들이 잠자는 것을 싫어 한다는 이유로. 무슨 이유가 그리도 많은지. 모든 게 다 핑계일 뿐이다. 사랑에는 이유가 있을 수 없을 텐데….

　그렇게 돌아 나오는 나에게 아버지는, 애기들 과자 사주라고 꼬깃꼬깃 접어 둔 천 원짜리 4장을 쥐어 주신다. 4천만 원 아니, 이 세상 어느 것 보다도 더 귀한 돈. "꼭 사줘라!" 하는 아버지의 말씀이 들릴 듯 말듯 사라질 때까지 안타까움만 가슴에 묻은 채 아버지를 두고 나온다. 돌아오는 차 안에서 하염없이 눈물이 흐른다. 그러고도 집에 와서 나는 또, 등 따뜻하고 배부른 밥상을 마주한다. 불효막심한 자식이다.

아버지는 그렇게 세상과 작별하셨다. 가족들을 남겨 놓고 뭐가 그리 급하셨는지….

염을 하여 예쁘게 단장하신 아버지의 차가운 얼굴이 백지장 같다. 온기가 느껴졌다. 평온해 보였다. 흙으로 돌아가는 인간 본연의 모습인 천사의 얼굴이었다.

요양원 가신 후로 나는 결국, 아버지가 좋아하는 밥상을 한 번도 손수 차려드리지 못 했다. 마음뿐이었고 해 드리지 못한 모든 것은 지금도 못내 내 가슴을 후벼 파고든다. 애통한 마음이 가슴을 치게 한다. 부모의 사랑에 어떤 것을 갖다 논들 비할 수 있을까. 때를 맞춰 하지 못 한 것들. 마음을 다 하지 못 한 것에 대한 눈물은 내가 이 세상 떠날 때까지 멈추지 않으리라.

누구나 말을 한다. 부모님 살아계실 때 잘 하라고, 부모가 되어봐야 알 수 있다고, 부모님께 했던 그대로 자식한테 받는다고….

나는 아니라고, 우습게만 여기던 그 말이 지금 나에게 이렇듯 비수로 꽂히게 될 줄이야.

좀 더 잘 해 드릴 걸 ….

그래, 나는 할 말이 없다.

아버지가 손에 쥐어 주신 천 원짜리 네 장이 지금도 고이 접힌 채로 내 지갑에 고스란히 간직되어 있다.

그건 돈이 아니다.

아버지의 마음이다.

아버지의 웃음이다.

아버지의 눈물이다.

지금도 인자한 웃음으로 아버지가 나를 부르신다.

"남숙아 …"

나를 기다리실 아버지가 또 웃고 계신다.

그 미소에는 하나님의 평강이 보인다.

그리운 아버지!

꽃병과 가족 1

2016년 1월 26일 밤,

올해 68세인 형부가 하나님 곁으로 갔다.

26일 밤 열시가 막 지나가는 시각 "남숙아, 형부가 돌아가실 것 같아"라는 언니의 전화를 받고 다급한 마음으로 세종시로 내려가는 중에 다시 전화가 왔다.

"남숙아, 형부가 숨을 안 쉬어."

언니는 나지막한 음성으로 형부의 임종 소식을 알렸다.

열흘 이상의 혹한이 풀린 1월의 포근한 날에, 고통 없이 평온하게 잠을 자듯 아주 조용하게 62세의 언니를 남겨두고 형부는 세상을 떠났다. 그래도 언니는 큰소리 한번 내어 울지 않고 남이 들을까 조용히 슬픔을 토해냈다.

에스프레소 커피가 우리나라에 들어오기 전에 다방커피를 마실 때의 일이다.

처갓집에 들어서면서 형부는 "우리 남숙이가 타 주는 커피가 제일 맛있어. 커피 한 잔 부탁해" 하신다. 초이스 가루커피 두 스푼, 설탕 두 스푼, 프림 두 스푼의 동량으로 섞어서 만들어 드린, 작은 처제의 커피를 "고마워" 하시며 맛있게 드신다. 언니네 집에 놀러 가면 손수 칵테일을 만들어 주시는 세련된 멋스러움도 있다. KBS 라디오 93.1에 채널을 맞춰놓고 항상 클래식 음악에 심취하셨고 익살스러움과 유머도 많아 주위 사람들을 즐겁고 유쾌하게 해주었다. 오십이 넘은 처제임에도 나를 볼 때마다 귀엽다고 하신다. 내가 스카프를 하나 둘러도 "역시 남숙이는 화려하고 멋쟁이야." 하며 사랑스러운 칭찬을 아끼지 않으셨던 다정다감한 형부였다.

하나님을 모르고 긴 세월을 살아오다가 기독교 집안에 결혼하여 뒤늦은 나이에 하나님을 영접하여 신실한 신앙생활을 했다. 주일에 감사헌금을 드릴 때 봉투에 이름을 쓸 때도 흘겨 쓰는 법이 없이 이름 석 자 한 자 한 자 정성을 들여 쓰곤 했던 하나님을 사랑하고 경외하는 삶을 살았다.

어릴 적부터 미술에 남다르게 출중한 재능이 있었던 형부는 완고한 할아버지의 만류로 인해 미술대학에 진학을 하지 못했고 육십이 넘은 나이에 화가로 등단하여 독특한 예술세계를 새롭게 창조해가며 뒤늦은 꿈을 이루어갔다. 새로운 길을 이루어가는 노후의 형부는 예술가로서의 빛을 발하며 지인들에게도 큰 감동을 주었다.

끈을 이용하여 작품으로 승화시킨 형부의 정크기법*은 우리나라에서는 최초로 도입한 기법이라 했고 서울의 모 미술대학에서 교수로 재직하는 한 분은 40년 동안 미술을 전공한 자기보다 전공하지 않은 권화백이 훨씬 낫다며 형부의 작품을 크게 극찬하기도 했다. 정크 기법으로 예수님 얼굴을 완성한 작품을 형부가 다니고 있던 새문안교회 담임 목사님께 선물했지만 모든 교인들이 다 보면 좋겠다는 목사님 뜻에 따라 새문안교회에 기증하시어 지금도 새 예배당 대회의실에 걸려 있다.

---

* 정크아트 : 쓰레기나 폐품을 붙여 표현하는 것. 다양한 폐물이나 재활용 가능한 재료를 사용하여 예술작품을 창작하는 형태의 예술

언니가 대학 2학년 때, 군대에 갔다 온 스물아홉의 늙은 복학생이 비 오는 날 우산을 씌어주었던 인연으로 언니는 형부와 결혼을 했다. 스물 두 살의 예쁘고 앳된 불문과 여학생을 정성을 들여 잘 키워서 6년 연애 끝에 결혼에 골인한 낭만적이고 로맨티스트이기도 하다.

결혼 초부터 서른다섯의 젊은 나이에 당뇨병이 시작되었지만 제대로 자기 관리를 하지 못한 형부는, 나이 오십이 넘어서부터 서서히 당뇨병의 합병증세로 건강은 나날이 쇠약해져 갔다. 2년 전부턴가 한 쪽 눈이 실명되어 자기와의 싸움을 시작하였고 작년에는 편도암이라는 진단을 받았다. 당뇨병의 합병증세가 날로 심해지니 수술을 한다 해도 생명을 유지할 확률은 지극히 낮을 거라는 의사들의 말이었다. 수술을 권하는 의사들의 권유를 뿌리치고 수술대신 방사선 치료를 택한 형부는 45kg인 형부의 체중으로는 방사선 치료조차도 감당하기에는 버거운 체력이었다. 세 차례의 방사선 치료를 마친 형부는 차라리 죽는 게 낫다며 그것 또한 포기하고 말았다.

모든 치료를 포기한 언니, 형부의 마지막을 준비하는 모습은 마치 긴 잠을 자기위해 떠나기라도 하는 사람들처럼 평온

했다. 언니는 한 쪽 눈이 안 보이는 형부의 손을 꼭 잡고 천천히 마치 아기 걸음마 시키듯 정성으로 보살피며 일 년이란 시간을 조용히 준비했다.

다시 치료를 해보자는 가족들의 권유에도, "아니야. 형부는 지금이 너무 편안하대. 미련이 없대. 우리는 죽어서 하나님 나라로 갈 테니 거기 가서 편히 쉬고 싶대", 하고는 웃음만 지어보였다.

그런 나의 작은 형부.

아내와 둘이 아무런 동요도 없이 조용히 준비하며 일 년의 투병 생활을 끝냈다.

형부가 남기고 간 사랑과 따뜻함, 웃음과 익살스러움, 커피, 음악, 그림, 예술….

그 짙은 잔상은 나의 형부의 모습이다.

사랑하는 아내를 두고, 투병 중에도 아내 걱정만 하던 형부.

커피와 클래식을 사랑하고 화가로서의 삶을 홀로 묵묵히 살아내신 분.

아내를 그리도 아끼고 사랑했던 형부를….

따뜻하고, 사랑을 많이 주고 간 형부는 그렇게 자기의 이야기를 남기고 사라졌다.

지금 우리 집 거실 한 쪽 벽에는 "꽃병과 가족"이라는 이름의 형부 작품이 우리를 보며 축복해 주고 있다. 유난히 예뻐하신 작은 처제인 나의 가족들을 위해 아픈 몸으로 끈 하나하나를 꼬아 본드에 붙여 정성스럽게 만들어 준 그림이 환하게 나를 보고 웃고 있다.

"꽃병과 가족"은 개인 전시회를 열었을 당시 고가로 이 그림을 사겠다는 사람이 있었지만 만류하고 우리 가족을 위해 아낌없이 내어주신 그림이다.

"이서방 나중에 이 그림이 꽤 큰돈이 될 거야."

형부는 따뜻한 사람이었다.

꽃병과 가족 2

엄마인 나는,
두 아이를 가슴에 품고 있고
엄마와 아이들을 머리 위에 얹고
언제나 가족들을 지켜주는 화병 속의 아빠!

그 안에는 또 다른 우리 가족들의 애장품들이 있다.
커피, 성경책, 꽃과 나비, 새,
세상의 아름다운 것들이 가족과 함께 한다.

우리 집 거실 벽을
온아한 미소로 지켜주고 있는
한 편의 명작

이 그림을 보며,

가족의 따뜻함을 느끼고

가족의 영원한 사랑을 기원하며!

그리고,

영원하신 하나님의 돌보심을 간구 드린다.

※ 추신: 우리 가족을 위해 특별히 그리신 고인이 되신 나의

형부의 작품! 이 세상에서 단 하나 뿐인 그림!!

에메랄드

서로 다른 사물에 같은 의미.

스위스 다녀온 진영이가 엄마한테 선물한 귀걸이.

내가 가장 좋아하는 에메랄드.

예쁘다.

눈이 부시다.

마음이 핑크빛으로 물든다.

눈물이 핑….

밥도 안 먹고 아끼더니 엄마 선물까지 샀다.

참 이상한 일이다.

결혼 전, 남편은 내게 에메랄드 목걸이를 선물했다.

그리고 20년이 지난 오늘, 딸한테 에메랄드 귀걸이를 선물 받았다.

사랑의 세트가 되었다.

아름다운 선물이다.

사랑하는 사람은 사랑의 마음을 안다.

진영이는 엄마가 초록색을 좋아 한다기에 골랐단다.

에메랄드인줄도 모르고.

그래서

또 다른 에메랄드가 내손에 들어왔다.

사랑은 이런 것.

향 기

20여 년 전 겨울, 눈이 많이 내려 대설주의보가 발효되던 주일이었다.

돌을 갓 넘긴 둘째 딸과 여덟 살짜리 첫째 딸을 태운 차에 연로하신 친정어머니까지 모시고, 우리 가족은 쏟아지는 폭설 가운데 2시간 만에 교회에 도착했다. 바퀴에 스노우 체인까지 감아야 했던 험한 날씨였다. 동네교회에서 예배를 드릴 수도 있었겠지만, 눈이 펑펑 오는 날 다섯 명의 식구를 움직이게 했던 힘은 바로 담임목사님의 설교말씀이었다. 먼 거리를 달려온 피로감이 무색하게, 예배당에 들어선 우리는 금세 마음이 기쁨과 감동으로 가득했다. 우리의 매 주일은 그렇게 은혜로 충만했다.

목사가 되지 않았다면, 예술가가 되셨을까.

건축학도의 꿈을 접으시고, 신학자이자 목회의 길을 걸어오신 분.

깔뱅 학자로서의 명성이 이미 해외에 알려진 석학이시고, 목사로서 존경과 사랑을 한 몸에 받으신 분.

그 분에게는, 향기가 난다.

2000년 가을.

강대상에서의 자애로운 담임목사님과의 첫 만남이었다.

훤칠한 외모와 스마트한 인상에서 온화한 인품이 배어 나오는 멋진 목사님. 엄격한 가운데 권위적이지 않고, 따뜻하고, 친절하신 목사님을 성도들은 모두 좋아했다. 3년간의 담임목사 공석을 두고 기도로 준비 했던 성도들의 소망이 이루어진 날. 교회는 기쁨과 감사로 들떠 있었다. 성경본문에 근거한 목사님의 주일 설교는 성도들에게 풍성한 영의 양식이 되었다.

우리교회 담임으로 부임하게 된 목사님은 교회 사택으로 옮기면서 그 전에 살던 개인 소유의 아파트를 교회 건축헌금으로 드렸다. 그 헌신의 모습에서 성도들은 그리스도의 마음을 보았다. 목사님은 아파트를 매매하는 과정에서도 "법대로 따르겠다."며 '다운계약서'를 거부하는 등 '원칙을 따라야 하는 중요성'을 강조하였다. 교회가 본을 보여야 한다는 것이었다. 은퇴 후 교회 차원에서 목사님 명의의 새로운 집을 마련 해준다고 했을 때에도, 그냥 교회 명의로 하라며 만류하여 성도들은 한 번 더 놀랐다. 진정한 무소유의 아름다움이다.

목사님은 교회 밖 일상에서도 향기가 난다. 아침마다 직접 간 원두로 커피를 내리고, 바게트 빵과 과일로 아침 식탁을 손수 차리신다는 목사님은 수준급 탁구 실력 덕분에 일흔이 넘은 연세에도 청년 같은 꼿꼿한 체격과 건강을 유지하고 계신다. 외유내강형의 부드러움 속에 강인함이 배어 있는 사모님과도 성도들의 존경과 사랑을 받으시며 더없이 화목한 가정을 이루어 가신다.

헌신과 정직, 겸손의 본을 보이신 멋지고 근사한 목사님은 우리교회 담임목사로서 부족함이 없이 자랑스러웠고, 16년 동안 성도들은 만족하고, 감사가 넘치고 행복했다.

목사님 밑에서 신앙생활을 한 우리 교인들 또한 모범적인 신앙과 삶을 살았다고 자부하고 있다. 그동안 목사님께 받은 신앙의 본을 본받아 나의 믿음의 기초가 변화되기 시작했고, 하나님께서 우리 교인들에게 성경에서 나오는 선지자와 같은 믿음의 사람을 보내 주신 목사님을 나의 신앙의 본 모습으로 삼아 배워가려고 노력한다.

2016년 은퇴 후에도 목사님은 '그의 백성 운동(HIS people movement)'을 통해 그리스도인의 삶에 대해 이야기한다. '그의(HIS)'는 '하나님의'라는 뜻으로, 겸손(Humility), 정직(Integrity), 검소(Simplicity)를 의미한다. 이 운동의 정신처럼 한국교회가 회복되었으면 하는 바람이며, 모든 이들이 'HIS people'로 살아가기 바라는 목사님의 비전이 이루어지기를 소망한다.

'목사들의 목사', '그리스도의 향기를 드러내는 분', '예수님을 닮은 분'

목사님을 따라 다니는 또 다른 이름들이다.

"목사님은 예수님을 닮으셨어요."라는 농담어린 말에도 "함부로 예수님을 모독하지 마세요."라는, 단호한 모습에서 겸손함이 보인다.

선한목사, 참된 목사이신 목사님!

양들을 위해서 사랑과 희생을 아끼지 않으신 목사님!

한국교회가 지탄을 받는 이 시대에, 목사님 같은 분을 보며 실낱같은 희망을 가져본다. 아직은 세상이 아름다움을 느낀다.

'세계를 나의 정신 속에, 나의 정신을 세계 속에.' 목사님의 어린 시절 책상 위에 붙여 놓았던 좌우명이라고 한다. 그러나 이 다짐은 신학교에 입학한 후 새해 첫 날에 '하나님의 말씀을 나의 마음속에, 그리스도의 마음을 세계 속에.'로 새롭게 바뀌었다고, 오래 전 설교시간에 하신 말씀이 지금도 깊이 각인되어 있다. 그때의 좌우명을 평생 이루어 가시는 목사님.

이런 목사님을 보며 우리는, 예수님의 향기를 느낀다.

"예수님의 본을 보이며 살아오신 목사님,

언제나 지금 그대로, 그 자리에서

멋지고 푸르른 삶이 되시기 바랍니다."

상아 혼자 울고 있나

'바람이 소리 없이 소리 없이 흐르는데

외로운 여인인가 짝 잃은 여인인가

가버린 꿈속에 상처만 애달 퍼라

아 아 못 잊어 아쉬운

눈물의 그날 밤

상아 혼자 울고 있나.'

　가녀린 여인의 애달픈 소리처럼, 조심스럽게 피아니시모의
기타 선율이 현을 뜯듯 시작 음을 울린다.
　'바람이 소리 없이 소리 없이 흐르는데….'
　낮은 조명으로 은은한 붉은 빛이 감도는 카페 안에 잔잔히
울림이 들려온다. 뮤직 박스 안에는 잘생긴 디제이가 보인다.

이십대 중반인 여인의 눈을 끌기에도 넘칠 정도의 매력적인 불란서계 혼혈인 남자. 그윽이 바라보는 그의 눈은, 우수에 젖어 있었고 어두운 조명에서도 빛이 났다. 한국인 어머니와 프랑스인 아버지 사이에서, 사생아로 자란 어두운 그림자는 그의 눈빛이 말하고 있었다.

그의 손길을 타고 흘러나오는 음악은 예술이었다. 흘러간 팝송, 처음 듣는 노래들로 시간의 흐름도 잊은 채 시간을 붙들어 놓는다. 턴테이블에서 검고 둥그런 LP판이 그의 손을 타고 너울대며 돌아가고 있다. 그 모습 또한 감동적이었다. 복사판이 아닌 라이선스 원판으로만 음악을 틀어내는, 디제이들 세계에서는 전설적인 인물이었다.

친구 나미를 만나러 오카방고에 들렀던 첫 날.

좋아하는 노래를 적은 쪽지를 디제이 박스에 신청했다.

〈상아의 노래〉가 홀 안을 은은하게 채웠다.

나미는 그와 교대하고 저녁 타임에 근무였다. 그녀의 형부를 도와주기 위해 잠시 디제이를 맡아하고 있었다.

친구를 만나러 가는 나의 관심은, 어느 결에 불란서인 디제이한테 가있었다. 최고의 프랑스 배우 알랑들롱과 견줄만한 그의 외모는 누구나 한 눈에 반할만큼 잘 생겼고, 깊고 그윽한 눈매는 여인들의 가슴을 녹여 낼 만큼 매력적이었다. 깊은 속눈썹에 까만 눈동자는 애수가 드리워져 있었고, 부드러운 그의 미소는 거의 완벽한 프랑스 배우 같았다. 그런 그에게 무슨 콧대가 그리도 높았는지, 인사도 눈길도 한번 주질 않았다.

그 곳에 드나든 지 얼마가 지났을까. 내가 카페에 들어서면, 흘러나오는 음악이 멈추고 이내 나의 노래가 은은하게 들려왔다. 쿵하며 가슴이 뛴다. 그 설렘을 지금도 기억한다. 디제이 박스를 사이에 두고, 어둑한 불빛을 가로질러 오고가는 애틋함은 눈빛으로 말을 한다. 그제야 새침하게, 고맙다는 인사를 목례로 답했다. 이제는 약속이나 한 듯, 주인을 기다렸다는 듯이 흘러나오는 두 곡, 〈상아의 노래〉와 〈I'm in love with you.〉

디제이는 그것으로 대신 그의 마음을 전하 듯, 언제나 말없이 한결 같았다.

음악이 사랑으로.

그와 나를 잠시나마 사랑의 고리로 추억 하게 만든 노래.

까마득하게 잊혀 있던 상아의 노래는 삼십년의 시간도 거스르는지, 여전히 가슴을 뛰게 한다.

새벽 네 시.

글을 쓰고 있는 손길이 빠르게 내려가고 있다.

새벽 신문이 하루를 깨운다.

〈상아의 노래〉가 그와 나의 인연으로 맺어 주진 못 했지만, 그의 친구는 내 친구의 남편이 되었다.

그의 불행한 결혼 생활 소식을 나중에야 전해 들었다.

그가 혼혈인이 아니었다면, 사회에서 말하는 평범한 서른세 살의 직장인이었다면 그와 나는 어찌 되었을까.

영화 스토리 같은 그의 삶에, 나의 작은 연민은 사랑의 인연으로 꽃 피우지 못 하고 돌아서야 했다. 사회의 잘못된 편견과, 사회적 통념으로 사랑의 해피엔딩을 이루지 못 한 채, 가버린 꿈속에 상처만 애달파 남아 있는지.

'어떤 음악을 듣고 과거에 머물렀던 특정한 장소를 떠올리며 추억에 잠긴다거나, 즐거웠던 추억을 떠올리며 미소를 짓는 것은, 음악 그 자체 때문이 아니라 음악과 관련된 우리 삶속에 갖가지 사건들 때문이다.'

이런 진리의 말을 남긴 이는, 어떤 음악에 추억이 서려 있어서일까.

음악이 영화보다 좋은 이유는, 이래서인가보다.

그 때를 추억 할 수 있기 때문에….

삼십 여년이 지나 상아의 노래를 듣는다.

스물여섯 살의 가슴과, 예순의 나이의 가슴은 꼭 같이 뛰고 있구나.

지금 어딘 선가 그 사람도, 〈상아의 노래〉로 그 때를 추억 할 수 있을까.

삼십년 전의 청색시대를 아련하게 수놓아 새겨진, '상아의 노래.'

상아 혼자 울고 있니….

잊지 못 할 노래가 된 상아의 노래는 지금,

아름다운 미소로 그 때를 추억하게 한다.

청승녀

나만의 시간을 만들어간다.

요즘 흔히 말하는 혼즐(혼자 즐기다)을 즐기고 있다. 과테말라와 예가체프의 고급스런 원두커피를 드립으로 내려 먹는다. 뒤늦게 찾아가는 행복한 시간. 진한 커피 향이 코 속을 타고 내려가는 맛이란 그 어느 것에도 비할 수가 없다. 때로는 진하게, 어느 날엔 부드럽게 맛도 향도 다르다.

커피를 마시며 나의 시선은 베란다 창밖을 향한다. 밖을 바라보며 느끼고, 경탄하는 그 순간만큼은 부러울 게 없다. 가장 편안하고 여유로운 시간이다.

'장미의 숲'은 나의 유일한 안식처였다.

80년대의 일이다. 화장실을 응접실처럼 꾸며 놓은 당시 방

배동에서 가장 유명하다는 피자집이 있었다. 주로 연인들만이 가던 고급 레스토랑이었다. 하루의 일이 끝나고 들러 '싱가포르슬링'이란 칵테일을 마시며 노곤함을 풀곤 했다. 나는 늘 혼자였다. 혼자 오는 내가 안쓰러운지 바텐더가 칵테일 즐기는 법을 가르쳐준다. 저 쪽에서 혼자인 남자가 칵테일을 보내오기도 한다. 도도한 척 하며 거들떠보지도 않고 돌려보내곤 했다. 내 잘난 멋에 콧대가 하늘을 찌르던 이십대의 얘기다. 그런 맛에 혼자가 멋스럽다 뽐내며 은근히 으쓱거렸다.

그때도 책을 읽으며 레스토랑에서 흘러나오는 음악에 취해 있었다. 그 흥에 겨워 디제이에게 쪽지를 건넸다. 나만을 위해서 흘러나오는 멋을 즐겼다. 그렇게 오가는 애틋함과 설렘이 있었다.

옛 친구를 그리워하는 시간이다.

누구에게도 말 못하는 속내를 홀로 풀어내는 시간이다. 비껴간 첫사랑을 마음껏 사랑 할 수 있는 은밀한 시간이기도 하다. 혼즐 (혼자 즐기는 시간)은 힐링의 시간이다. 카타르시스의 감정이 고조에 다다른다.

은행나무 길을 걷는다.

벚꽃에 취하여 산책을 하니 마음이 풍요로워진다. 나를 살찌게 한다. 자연의 신비로움에 몸과 마음을 맡기며 사색에 잠기는 시간이 너무나 소중한 시간이다. 괴테를 생각하고, 베토벤의 생애를 떠올리며 장 콕토의 '내 귀는 소라 껍질'을 읊어 보기도 한다. 갖은 멋진 척은 다 하는 고귀한 혼즐의 시간이다.

고등학교 때부터 혼자 있기를 좋아했다. 별명이 청승녀였다. 학교 등나무 아래 혼자 있기를 좋아했기에 붙여진 별명이다. 고민이란 고민은 혼자 다 짊어진 듯이 언제나 그렇게 앉아 있었다.

명동에 고전 음악 감상실이 있었다. 9백 원만 내면 종일 음악을 들을 수 있는 곳이었다. 대학 합격자 발표가 나던 날, 불합격 소식을 듣고는 밤늦도록 명동의 고전 음악 감상실에 앉아 펑펑 울며 시간을 보내던 곳이다.

클래식 음악 감상실에 가고, 칵테일을 마시고, 영화관에 가는 일은 나 혼자 시간을 때우는 가장 유일 한 것들이었다. 혼자 생각하고, 혼자 즐기고, 혼자 슬퍼 할 수 있는 권리를 충족할 수 있는 세계. 지금까지 나열한 것들은 혼자일 때 즐기는 비밀의 정원이다.

현대인들은 한가한 걸 못 견뎌한다.

남들에게 잉여 인간이라 비웃음을 살까 바쁜 척을 하기도 한다. 무엇이든 일을 해야 한다는 강박감으로 목숨을 걸기도 한다. 바쁘다는 말을 자랑삼아 내세우곤 한다. 머릿속을 비우질 않는다. 혼자 있지만 홀로가 아닌 뭔가와 함께 한다. 전철에서도 스마트폰으로 손이 바쁘다. 노트북으로 뭐든 다 할 수 있다. 동전을 넣으면 마음껏 노래를 부를 수 있다.

풍요 속에 빈곤이라 했던가. 그 모습들에서 더 고독함이 보인다. 기계에 의존하는 요즘은 자기 세계가 없는 허망함뿐이다. 여백이 없다. 사색도 없다.

혼자 있다는 것이 때로는 외로울 수 있다. 적막함도 있다. 그러나 그 안에는 나만의 고결함이 있다. 아름답고 풍요로움이 있다. 남을 돌아 볼 줄 아는 넉넉함도 생긴다. 혼자만의 여유로운 시간. 그런 이유로 나는 지금도 청승녀를 자처하고 산다.

하나님이 지으신 세상에 소풍 왔듯이 홀로 왔다가 홀로 가는 것이 아니던가. 혼자 숨을 들이쉬고 내뱉으며 내일을 꿈꾸는 시간. 영원히 그 순간을 기억 할 수 있다.

'나무'의 작가 베르나르 베르베르가 그랬다. 그의 책을 아무도 읽어 주지 않는다 해도 죽는 날까지 글을 쓰겠노라고. 글을 쓰며 더 원숙한 아름다움을 지닐 수 있다면 언제라도 나는 청승녀이고 싶다.

내가 언제

오후 5시 반.

이른 아침 예배를 드리러 동이 트기 전 새벽 5시 반에 나선 집을 12시간 만에 돌아왔다. 큰 딸아이가 아직 외출 전이었다.

"아직 안 나갔네?"

"응, 이제 나가려고."

짧고 무뚝뚝했다.

20분 전에 작은 아이와의 카톡.

"주은아, 옷 바꿨어?"

"아니?! 교회 곧 끝나가. 들어가면서 바꾸려고."

단답이다.

"어 그래?! 엄마 지금까지 교회 앞에 있다가 왔는데 기다렸다가 같이 올걸. 엄만 지금 범계역."

"뭐야! 엄마 오늘 금밤(금요일 밤 기도회) 안가?"

이 말에는, 엄마가 금요일 밤 기도회 끝나고 밤 11시나 되어서 돌아올 줄 알았는데 왜 일찍 오냐는 원망의 소리로 들렸다.

이 말에 가슴이 싸 했는데 …. 약속이나 한 듯, 큰 아이의 연타를 맞았다.

"엄마 언제와? 엄마 어디야?" 하며 젖 달라고 보채는 아이처럼 엄마를 찾던 때가 몇 년 안 되었는데 혼자만의 시간을 갖기는 틀렸다는 짜증어린 심오한 뜻을 눈치가 빠른 엄마는 알고 있었다.

큰 아이는 내가 소파에 앉자 이내 샤워로 외출 준비를 한다. 약속은 없어 보였지만 물었다.

"약속있어?"

"아니!"

또 단답이다. 엄마와 말을 섞을 생각이 없는 거다.

안다. 요즘 MZ 세대의 문화와 분위기를.

집보다 카페가 더 멋스러운 것을. 혼자의 시간과 공간이 자유로운 것을.

그래도….

지가 자고 있을 때 별 보고 나간 엄마를 보고 건네는 무뚝뚝한 첫 말에 괜한 서늘함이 스멀스멀 나를 건드린다. 당황하고 있는 나를 본다.

"아니 엄마 뭐 그런 거 같고 그래?!"

모든 게 다 빗나간다.

엄마의 옹졸함이라고, 쪼잔하다고 비웃음을 사기에 빠져나갈 구멍이 없다는 것을. 그것 또한 안다.

내가 언제, 벌써….

돌아가신 엄마의 부재의 그리움을 이제야 아는 세월이 되었다.

'나 백 살까지 살면 어떡하지?!'

그래도 우리 집 두 딸들, 엄마가 없으면 안 되는 딸들이다.

주님이 주신 사랑스런 나의 보배들아!

엄마의 고백

1.

큰 아이 두 살 때.

진영이는 뱃속 태아 때부터 새벽 두, 세시나 되어야 잠이 들었다. '세 살 버릇 여든까지 간다.' 는 속담은 스물여덟 살인 지금까지도 잘 지켜내고 있다. 새벽에 잠이 들면 정오 가까이 되어야 일어나는 게 아이의 규칙적인 잠시간이었다.

일요일인 그 날도, 당연히 그러리라 한 치의 의심도 없었다.

아침 7시, 남편과 집근처 약수터까지 산책을 하기로 하고, 자는 애를 두고 유유자적 집을 나섰다. 느린 걸음으로 녹음이 우거진 싱그러운 공기를 들이마시며, 약수터까지의 시간은 여유로웠다. 주인도 모르는 남의 집 옥수수도 서리해서 9시쯤 기분 좋게 돌아왔다.

집 가까이 가니 불안이 엄습하는 소리가 들린다. 머피의 법칙이 이렇게 고약 할 수가. 문밖 멀리까지 엄마를 찾는 소리가 흐느낌으로 들려온다. 그날따라 아이는 우리가 나가자마자 깨서 울기 시작 했다고, 앞집 아주머니의 목소리에는 안타까움에 어쩔 줄을 모른다. 핸드폰의 귀함을 제대로 절감한다.

아이가 세상에 나와서 겪은 첫 번째 고통이었을 것을, 지금도 떠올려본다.

진영아, 엄마가 미안해!

2.

큰 아이 일곱 살.

착하고 순한 첫 아이 진영이는, 몸이 몹시 약했다. 먹는 거, 자는 거, 싸는 것도, 모든 게 힘들었다. 열만 오르면 열 경기를 했다. 사람 체온이 39도가 넘으면 눈이 녹는다는데, 진영인 39도를 넘기는 일은 일주일쯤은 예사로웠다. 둘째 아이를 또 낳는다는 건 엄두도 못 낼 일이었다. 큰 아이 외롭다고 동생 한 명은 더 있어야 한다는, 결혼한 선배들의 권면과 만류에도 단호했다.

어느 날, 유치원 선생님한테 전화가 왔다.

"진영이 어머니 축하드려요. 동생 갖으셨다면서요?"

진영인, 동생 낳아달라고 보채는 정도가 심했다. 자기가 쓰던 기저귀로 동생 옷을 만들어 놓고, '진아' 준다며 동생 이름도 지어 놨다. 예민한 성격이 더해갔다. 엄마가 동생 낳아 준다고, 같은 반 친구들한테도 소문을 냈다. 상상력이 풍부하다며 웃어넘기기에는 당혹스러운 일이었다. 지금 우리 집 귀염둥이 둘째는, 그 때 그런 이유로 마흔의 나이에 얻어진 진영이 동생이 되었다. 아이의 외로움과 마음을 헤아리지 못하고, 나 힘든 것만을 앞세워 빚어진 웃지 못 할 일이다.

진영아, 7년 동안 외로웠지? 엄마가 미안해.
지금 너와 주은이가 함께여서, 고맙고 행복해!

3.

진영이 유치원 때.

퇴근하고 돌아온 내게 "엄마!" 하며 등 뒤에 매달려 안기는 애를 피곤하다며 저리가라고 뿌리쳤다. 힘들다는 이유였다. 아이는 엄마의 반응에 떼도 쓰지 않고, 아무런 대응도 하지 않았다. 그냥 뒤로 물러서며 무안했을 아이의 마음이 더 측은하다. 대학생이 된 진영이가, 그 때 그러지 않았냐고 이제야 그 마음을 쏟아낸다. 차라리 그 때 울며 떼라도 쓰지…. 속이 상한다.

진영아, 엄마가 미안해! 정말 미안해.

사랑해.

4.

진영이 아홉 살 때.

다음 날 진영이 체험학습 때 쓸 보온병을 사야했다. 급한 마음에, 6개월 된 잠든 둘째 아이를 큰아이한테 맡기고 마트에 갔다. 그 땐 아홉 살짜리 꼬맹이가 언니라는 사실로, 꽤나 크게 보였다.

일을 마치고 도착해보니, 큰 아이는 없고, 아기는 깨어서 울고 있었다. 아무도 없는 우주만큼이나 컸을 방에서 지 기저귀를 끌어안고 울며 엄마를 찾았다. 큰 아이 친구네 집에 전화하여, 전화기가 떠나갈 듯 당장 오라고 호통을 쳤다. 혼자 집에 있는 게 무서워서 그랬다고, 울며 설명하는 아이한테 야단하며 나가라고 했다. 모든 상황은 전적으로 나의 잘못이었는데, 속상함을 큰 아이에게 덮어 씌웠다. 큰 아이의 두려움과 무서움은 아랑곳 하지 않고, 당장 우는 아기만 눈에 보였다. 첫 아이는 키워본 경험이 없어서 그럴 수도 있다는 변명이 통할 리 없다.

진영아, 엄마가 미안해. 너무 미안해!

5.

진영이 초등학교 4학년 어느 날.

퇴근 전인데 전화가 왔다.

"엄마, 나 지금 열나고 아파."

좀처럼 아파도 아프단 말을 안 하던 아인데. 아프다며 엄마를 찾는 전화였다.

"어머 그래? 어떡하지?"

아직 일이 안 끝났다며 우선 부르펜시럽 해열제를 먹고 누워 있으라고 했다. 수화기 너머 속으로 멀어져 간 아이의 음성이 귓전에 맴돈다. 지금도!

"그럼 난 엄마한테 뭐야…."

아이가 아플 때 달려가 주지도 못 한 엄마. 자식보다 더 소중한 게 있었던가.

진영아 미안해, 정말 미안해.

큰 아이는 그 일들을 아픔으로 기억하고 있다. 엄마를 원망했을 것이다. 엄마라는 이름을 빌미로 그럴 수도 있지, 라는 변명은 통하지 않았다. 너 미워서 그랬던 게 아니야, 라는 말로 아이에게 위로가 되지는 못했다. 아이는 엄마가 자기를 사랑하지 않는다고 가슴에 꽂혀 있었다. 주워 담을 수만 있다면….

십 년 전, 하나님이 새롭게 내 마음에 오셨다. 잊고 있었던 지난 일들을, 엄마로서 실수 했던 모든 것들을 기도 중에 기억나게 하셨다. 통곡하듯 두 시간을 꿇어 앉아 기도 했다.

'주여, 제가 잘못 하였나이다!'

"진영아, 엄마가 미안해. 그 때 엄마가 잘못했어."

"응". 짤막함 속에 감정이 숨어 있었다.

하나님, 어리석고 무지한 저를 용서해 주십시오. 어린 것 마음에 어두운 상처로 남아 있지 않도록 만져주옵소서.

샤넬 코코 마드모아젤

비어있던 옆 테이블에서 익숙한 향이 코에 닿는다.

향이 좋아 폐 깊숙이 들이마셨다. 눈길이 갔다. 작은 키에 편안해 보이는 헐렁한 바지에 헐렁한 티셔츠에 운동화를 신은 여인은 약속이 있어보였다. 겉으로 풍기는 그녀의 분위기로는 나와 닮아 보이지 않았지만 십 년 넘도록 나를 기억하게 하는 향수의 취향이 같은 여인을 만난 것이다. 반가워 말이라도 걸 뻔했다.

살아오면서 내 인생을 대신해 줄 물건 다섯 가지를 정해서 글을 써 보라는 어느 교수의 말이 항상 뇌리에 잠재되어 있었다. 몇 가지가 선명하게 떠오른다.

대학 졸업 후부터 향수를 쓰기 시작했다. 타인에게 불쾌감

이나 역겨움을 주지 않은 향은 기분을 좋게 한다. 그 사람과
매취가 되는 향은 한층 더 매력적이다.

이십 대 중반부터 쓰기 시작하던 아카시아 향을 내는 향수
는 누구나 향이 좋다고 했다. "향수가 뭡니까? 향이 아주 좋
은데요?"라며 백미러로 쳐다보며 묻던, 나를 당혹스럽게 했
던 사십년 전의 택시 기사가 떠오른다. 독특한 기사로 기억이
된다. 정말 좋아하던 향수였는데 그 향수는 그러고 얼마 지나
지 않아 단종이 되어 아쉬웠다.

향수로 인해 생각나는 몇 가지 에피소드가 있다. 내가 화장실
에 다녀간 후에는 최 선생이 다녀갔구나, 라는 직장에서의 일화
가 있었고, 어느 날인가 교회 화장실 안에서 나오는 나를 보자
손을 씻고 있던 한 권사님이 "최 권산 줄 알았어." 한다. "아니
나는 쫓기는 신세가 되어도 숨지도 못 하겠네요." 이렇듯 나에
게 풍기는 향내는 나를 알리는 존재의 신호탄이 되기도 한다.

외출 시 아무리 시간에 쫓기는 일이 있어도 향수는 빼놓지
않는다. 결혼 전 어느 날엔가는 집 밖을 몇 걸음 나왔는데 깜
박하고 향수를 놓쳐서 다시 들어가 향수를 뿌리고 나온 적도
있었다. 첫 애를 출산하러 병원에 간 날, "애기 나러 병원에

오는 임산부가 화장하고 오는 사람은 처음 보네!" 하며 놀리던 의사 선생님도 있었다. 물론 그 때도 향수는 빼놓을 수 없을 만큼 나에게는 중요했다.

이십대부터 지금까지 써 온 향수의 종류가 여러 가지가 있지만 그 중에 프랑스 화장품 회사 샤넬에서 나온 '샤넬 코코 마드모아젤 퍼퓸(perfume)'은 십 년 동안 아끼며 좋아하고 가장 오래 쓴 향수다.

"침대에서 무슨 옷을 입고 주무시나요?"
"샤넬 NO. 5."

〈샤넬 NO. 5〉는 프랑스의 여성 패션 디자이너이자 향수 제조자인 샤넬(Gabrielle Bonheur Chanel)의 첫 향수이다. 1960년, 마릴린 먼로가 어느 인터뷰에서 남긴 이 말은 〈샤넬 NO. 5〉가 마릴리 먼로의 잠옷이라고 전해질 정도로 유명한 말이 되었고 그 덕인지 〈샤넬 NO. 5〉는 샤넬의 시그니처(signature) 향수가 되었다. 당시 섹시 심벌이었던 마릴린 먼로의 발언이어서 큰 화제로 부각이 되었을 만큼 향기는 그 사람의 개성과 인격과 품격을 나타낸다. 그 향은 오롯이 나의 몫이다.

향수는 정직하고, 자기 몫을 잘 해내며 주인을 자기 것으로 만들어버리는 매력이 있다. 나를 따라 다니는 냄새는 나를 기억하게 하고 나를 말해주고, 내 몸이 움직일 때마다 향기로움이 나의 마음도 움직인다. 나를 각인 시킨다.

나한테서 나는 향기가 좋다. 향수를 쓰는 이유이다. 그 때의 향수들은 나의 지나간 시간이고, 추억이고, 이야기이다.

옆 테이블의 여인에게서 나는 익숙한 향기는 내가 가장 오래 써 왔고 좋아하던 샤넬 코코 마드모아젤의 향수이다. 내 코에는 여전히 매혹적이고 섹시한 코코 마드모아젤의 향기는 그 때의 시간과 장소와 그 때의 사람들을 떠올리게 한다.

육십의 나이에 접어들면서 내 나이다움의 아름다움을 드러낼 만한 우아한 향을 찾아 좀 더 깊은 향으로 바꿨다. 보낸 세월만큼 하늘의 별들처럼, 들의 백합처럼 말없이 순수하고, 사랑스럽고 덕스럽게 깊어가는 향기를 낼 수 있는 아름다운 여인이기를 욕심 내본다.

최 선생의 향기를 기억하고 있는 동료 교사들이, 음악 선생님을 기억하는 제자들이, 나를 스쳐간 지인들이, 친구들이,

그렇게 나를 기억해주기를….

　옆 테이블에서 누군가를 기다리는 그 여인의 그 향기에는
어떤 이야기가 있을까.

고마운 당신, 봉상씨에게

사랑하는 나의 남편 봉상씨!

서른 셋 동갑의 나이에 만나서 바람처럼 소리 없이 육십이 되었네. 믿기지 않은 나이지만 우리는 올해를 보내면 곧 환갑이 되어 진영이, 주은이가 맞아 주는 환갑 선물을 받겠지? 나이는 물리적인 거에 불과하다지만 어찌 그러기만 하겠어?

과천 호텔에서 첫 만남이 있던 날.

내가 그려오던 이상형은 아니었지만, 준수한 외모와 능청스런 장난기 섞인 농담에 호감이 갔지. 손 씻고 오겠다며 화장실을 다녀온 내게 "시원하십니까?"라며 숙녀의 얼굴을 붉히게 했던 당신의 천연덕스런 얼굴을 떠올리니 웃음이 나네. 그렇게 우리는 시작 되었고, 지금까지 잘 지내 온 게 그저 감사할 뿐이야.

봉상씨,

지금까지 살아오면서 당신한테 고마운 게 너무 많아. 마음으로만 고마웠고, 고맙단 말에 인색했던 거 같아. 젊을 때 알지 못했던 고마움이 세월이 갈수록, 나이가 들수록 진하게 다가오기만 하는 걸 보니 이제야 철이 드나봐.

하나님을 모르던 당신이, 하나님의 자녀되어 지금의 여기에 있다는 게 꿈만 같아. 얼마나 감사한지. 진영이가 태어나자, 한 달 갓 지난 진영이와 나를 교회까지 데려다 주고는, 예배 끝날 때까지 진영이 안고 놀아주며 교회 앞 커피숍에서 기다려주던 일. 그러기를 한 주일도 거르지 않고 7년. 그러던 끝에 당신이 처음으로 교회 들어온 날의 기쁨과 환희는 이루 말할 수 없이 기뻤지. "주님 감사합니다!" 기도를 눈물로 드리고, 하염없이 울었던 것을 당신은 몰랐지? 지금도 그 날의 감격은 주님의 은혜이고, 주님의 인도하심인 것을 잊지 못하지.

봉상씨!

또 하나 감사의 마음을 전하려고 이 편지를 쓰고 있어. 엄마 돌아가시기 전까지 15년을 한결같이 주일에 엄마 모시고 교회에 나온 거. 과천에서 광화문까지 눈이 오나 비가 오나

찡그림 한번 없이 묵묵히 지켜 온 당신의 마음이 너무 고마워서 말로 다 전할 수가 없어. 예배드리고 난 후에는 맛있는 거 사드리고, 좋은데 모시고 다니고 참 즐거운 한 때였는데. 당신의 따뜻한 마음과 정성스런 마음 잊지 않았는데, 이렇게 오랜 시간이 지나서야 고마운 마음을 전하네. 그런 사위를 엄마는 늘 고맙고, 미안해 하셨지. 그리고 긴 투병 중에 하셨다는 말씀도 나중에야 전해 들었어.

"내가 죽기 전에 이서방 양복 한 벌 해줘야지"라고 하셨다는….

결국 엄마가 그 마음을 지키지 못 하고 돌아가셨지만, 하나님 곁에서도 당신을 기억 하고 계실거야. 고마운 사위였다고.

고마운 당신.

가족과 직장 밖에 모르는 당신.

지금은 하나님이 우선이어서 더 고맙고.

지금도 나와 가족에 대한 변한 게 없는 당신의 사랑. 세어 보려니 너무 많네.

당신이 하나님을 영접하여 믿음의 자녀가 된 거, 지금은 교회에 봉사하며 하나님께 조금씩 더 가까이 가는 믿음이 너무 기쁘고 감사해.

30년 동안 성실하게 지켜온 직장도 이제 퇴직을 2년 남겨 둔 당신의 뒷모습이 어느 날 문득, 젊음을 뒤로 하고 나이가 들었음이 보일 때 안쓰러운 마음이 들었어. 남편이 나이 들면 측은해 보인다는 주변 친구나 선배들의 말이, 어느 날 내게도 살짝 스쳐 가던 날, 우리 부부도 이런 날이 오는구나, 짠해지 더라.

진심으로 고마워. 또한 내가 아내로서 변변치 못 한 미안한 마음도 전할게.

소중한 나의 당신!

죽는 그 날까지 하나님이 맺어주신 부부의 연을, 끝까지 사 랑하며 잘 지켜 나가길 날마다 기도드리고 있어. 하나님께서 잘 했다고 칭찬 하시는 부부, 남들에게 본이 되는 부부가 되 도록 당신과 나, 우리 둘이 노력하자.

사랑의 주님!

지금까지 저희 가정을 지켜주신 은혜에 감사합니다.

착하고 성실한 남편과, 건강한 자녀 주셔서 감사드립니다.

우리 진영이, 주은이가 결혼하여 자손 대대 신앙의 대를 이어 가는 믿음의 가정들 되도록 지켜 주시옵소서. 자손들 모두 우리 새문안교회에 몸담아 바른 신앙으로 헌신하며, 세상을 밝혀 주는 빛과 소금의 역할을 하는 믿음의 자녀들 되도록 인도 하여 주시옵소서. 남편과 제가 죽는 날까지 주님이 맺어 주신 부부의 연을 잘 지켜 갈 수 있도록, 하나님께서 '잘 살았다' 칭찬 듣는 부부가 되도록 몸과 마음을 만져주시옵소서! 예수님의 이름으로 기도하옵나이다. 아멘.

이 편지를 금년에 육십을 맞이하는 남편 이봉상씨에게 전합니다.

2018. 10. 10. 당신의 아내 숙

앞으로 삼십년도

회사에서 일하고 밤을 새고 들어온 결혼 1주년 되는 날, 나는 아무런 내색도 하지 않았다. 결혼기념일 일 주년에 대한 환상은 깨졌지만 서운함을 말하지 않았다.

그의 월급쟁이 직장생활은 그랬다. 몸을 아끼지 않았다. 그의 두뇌도 마음껏 발휘했다. 시간도 아까워 할 줄 몰랐다. 동료들보다 빠른 승진에 숨 가빴다. 입에서 불평 한 마디 없이 조직을 위해서 열심히 내달렸다.

IMF 이후, 여기도 비껴갈 수 없는 구조조정으로 인해 직원들의 생명이 걸린 일명 살생부 명단을 쥐고 몇 날을 잠 못 자며 고민하고 가슴 아파하던 젊은 과장의 고뇌. 살생부 명단에 올라온 동료를 감싸 주느라 고심하며 끌어안고 함께 온 동료에 대한 배려와 사랑을 지금 그는, 후회해야 하는지.

직장생활 한지 몇 해가 지났을 때, 선배 박사가 컨설팅 회사를 창업하는데 같이 하겠냐는 제안을 했다. 선배가 내놓은 조건은 공무원으로 있는 여기보다 더 나은 조건을 제시했고, 설령 그 회사가 도중에 실패한다 해도 본인이 퇴직할 때까지 모든 건 다 책임 져주겠다는 솔깃한 제안이었다. 확실성과 신뢰성도 있어 보였으니 남편은 갈등했고, 나는 그래도 한 우물을 파는 게 좋지 않겠냐고 서로 의견은 엇갈렸다. 기도하며 갈등의 시간을 오랜 시간 보내고, 그대로 머물기로 마음을 다 잡았다.

이제 정년을 다 하여 퇴직을 맞이한다. 그 때 했던 결정에 감사한다. 정년에 이르러 퇴직을 한다는 것이 현대 사회에서 정말 어려운 일이라는 것을 갈수록 깨닫기에 남편의 '정년퇴직'이 더욱 값지고, 자랑스럽고 명예롭다 여겨진다.

본부장으로서의 7년.

오십대의 시간을 그는, 그의 모든 거에 아낌없는 열정을 쏟아 부었다.

퇴직을 앞둔 2년 전, 동기들한테 양보한 본부장자리. 양보라는 너울을 쓰고 일방적인 직위 탈취였다. '이○○ 본부장'은 긴 시간 본부장을 했으니 이젠 못 해본 사람도 해봐야 하지 않느냐며, 본부장직을 내려놓으라는 느닷없는 통고였다. 그 뒤의 배경은 드러내지 않아도 알 수 있는 뻔한 일이었다. 쿨한 척 자존심 탓으로 덜커덕 그러겠노라 대답을 했노라고, 내게는 두 달이 지나서야 말을 했다.

가슴 한 구석을 파고드는 억울함, 배신감, 분노의 인간적인 마음을 삭히기엔 인간적인, 너무나 인간적일 수밖에 없었다. 기도로 자신을 이겨내려 안간힘을 쓰는 그가 안쓰럽고 대견했다. 아내인 나는 같이 분노해주고, 함께 억울해 해주고 때로는 그보다도 더한 욕도 퍼부어 주는 게 고작이었다.

"주님의 뜻이 어디에 계신지, 주님의 뜻을 헤아리는 지혜를 주옵소서!"

기도했다. 우리는 그것이 최선이었다.

그렇게 지난 2년을 자신과 싸워왔을 그.

그는 기도했다. 의리와 우정을 저버린 그들에게 너그러운 마음을 갖게 해달라고. 그들을 긍휼히 여기게 해달라고. 지난 삼십 년 동안 동료이자 친구인 그를 밀어내고 본부장 자리를 차지한 그들을 친구의 연을 끊어내야 하겠냐고, 그냥 둬야 하겠냐고 고민하며 묻는 그는, 아직도 친구였노라고 마음 안에서 잘라내질 못 하고 있다.

그들과 함께 연말에 함께 퇴직을 맞는다. 그들은 어떤 마음으로 같은 자리에 설지.

미안했다고, 겸연쩍어 할 양심은 남아 있을지. 본부장의 이름을 달고 퇴직한다고 어깨 으쓱할까.

2020년 12월 31일 정년퇴직.

이제 그의 삼십년의 일터를 떠날 준비를 하고 있다. 이 나이면 맞이하는 인생의 훈장 같은 거랄까.

그는 성실했다. 정직했다. 공의로웠다. 의리가 있었다. 동료들을 배려했다.

아내를 사랑하고 아꼈다. 두 딸들에겐 지극정성인 아빠였다.

그리고 지금은, 신실한 하나님의 자녀로 서있다.

주님은, 떠나보내는 게 있으니 품에 주시는 선물도 있었다. 삼십 년 동안 직장에 충성 했으니, 앞으로 삼십년은 '나 하나님'을 위해 헌신 하라고 남편을 항존직인 안수집사로 세워주셨다.

그는,
진영이, 주은이의 사랑하는 아빠다.
나의 따뜻한 남편이다.
그동안 애 많이 썼다고, 그의 수고에 박수와 칭찬을 보낸다.

앞으로 삼십년도, 지금까지처럼 살아주길 바란다.
날마다 더 깊은 믿음의 삶을 살기를, 주님께서 기뻐하시는 삶을 살기를,
그렇게 살아주길 기도한다.

나박김치사랑

"나박김치를 그냥 냉장고에 넣어 익혔더니 글쎄 너무 시었어요."

"그래도 실온에서 익어서 팍 신게 아니면 괜찮을 거예요."

"네, 아주 못 먹을 정도는 아니더라고요. 구역장님 신거 좋아하세요?"

나를 주기 위한 나박김치인 것을 눈치 채지 못했다. 그녀가 나박김치를 담갔을 데 맛있다고 말 한 그 날, 밥을 통 못 먹는다는 내 말이 떨어지기가 무섭게 보내 온 카톡 내용이다.

"구역장님, 이따 범계역으로 나오세요. 나박김치 팔러 지금 출발합니다. 입맛 없을 때 드시면 좀 나으실 거예요."

수화기를 통해 들리는 그녀의 음성은 밝고 따뜻했다. 입맛이 없다고 괜한 말을 했구나, 후회했다. 다리가 불편하니 절대 오지 말라는 나의 전화를 따돌리고 기어코 지하철을 세 번이나 환승해 가며 먼 거리를 달려왔다.

그녀는 고관절과 림프에 암이 전이되어 양쪽 겨드랑이의 통증으로 잠자는 것도, 걷기도 힘든 상태였다. 고통을 마다하고 편치 않은 다리로 해가 뉘엿뉘엿 넘어가는 다 저녁때 나박김치 한 통을 전해 주고는 선걸음으로 돌아갔다. 금요일 밤 기도회를 드린다고 교회로 되돌아 간 그녀를 나는, 평생 잊지 못 할 거다. 친정 엄마가 담가 주시던 담백하고 깔끔한 서울식 나박김치 그 맛이었다. 고맙다는 말 보다 최상의 말은 없을까….

그 일이 있은 지 한 달도 채 지나지 않아 그녀는, 국립 암 센터에서 항암치료를 시작했다.

나박김치는 그렇게, 내게 왔다.

샘물 같은 나박김치였다.

3년 전 내가 다니는 교회로 옮겨온 그녀는, 30년 전에 유방암 수술을 받고 회복된 후 홀로 어린 두 자녀를 키우며 편치 않은 삶을 살아왔다. 간경화로 투병 중인 남편을 병수발 7년 끝에 먼저 보내고, 3년 후 그녀는 유방암이 발병되었다.

이제 회복이 되어 딸, 아들이 장성하여 자리도 잡아 그녀의 삶을 살아 볼 차례가 되었는데 3년 전, 유방암이 재발 되어 치료 중이다. 처음에 찾은 병원의 의사가 제대로 치료만 해주었더라도 조금은 더 생명을 연장할 수 있었을 거란 안타까움이 있다. 그 의사는 회복이 불가하다는 판정 아래 본인이 연구 중인 임상 실험 약을 투여했고, 입안이 헐고 구내염이 목젖까지 퍼져 물 한 모금 못 먹는 부작용을 동반했다. 그녀는 "내가 마루타가 된 기분이에요" 라고 입버릇처럼 말했다. 죽는 게 낫겠다며 고통을 이겨내려 안간힘을 쓰는 그녀를 위한 기도는 주님의 옷자락을 붙들고 살려 달라고 매달린 혈우병 여인처럼 간절했다.

약 먹기를 중단하고 국립 암 센터로 옮긴 후 항암치료를 받아왔지만, 전신에 퍼진 암세포를 이길 힘은 없었다. 보름 전에 만난 그녀의 얼굴은 황달기가 완연했고 복부에 물이 차서 배가 불러 있었다. 앞으로의 시간이 두, 세 달이라고 했던 의사의 말이 두 달을 채 못 넘기고 너무 빨랐다.

그렇게 그녀는, 지난 어린이날 새벽 주님 곁으로 갔다.

지금 그녀는 보이지 않는다.

우리 곁을 떠나기 이틀 전, 서울로 이사 온 집들이 선물이라며 내게 예쁜 찻잔과 찻주전자를 소포로 보내온 게 그녀의 유품이 되었다.

그녀가 보고 싶다.

쉴 틈 없이 달려왔다고, 지금까지 너무 힘들었다고, 속내를 울음으로 터트린 그녀가 이제는 주님이 계신 천국에서 편안한 안식을 누리기를 기도한다.

그녀가 베풀고 떠난 사랑은 셀 수 없이 많다. 귀한 사랑을 기억한다.

그 때 먹었던 그런 나박김치 맛을 언제 다시 먹을 수 있을까.

"힘드시지요?" 물으면, "괜찮아요." 라며 씩씩하게 명랑한 웃음으로 답한 그녀의 하얀 피부가 내 앞에서 아지랑이처럼 아른거린다.

그녀가 남기고 간 마지막 선물이 된 예쁜 찻잔과 찻주전자는 말하고 있다.

"행복하세요, 잘 지내세요."

단장곡

누군가를 떠올릴 때 그 만의 각인되는 모습이 있다.

빨갛게 상기된 볼과 까랑까랑하게 소리치던 귀엽고 발랄한 단발머리 내 친구는, 사십여 년이 지난 지금도 그렇게 기억되고 있다.

"경미야, 너 할머니 오셨어."

"할머니 아니야 애! 우리 엄마야."

································

"미안해, 남숙아. 난 우리 엄마를 할머니로 보는 게 싫어서 그랬어."

엄마를 만나고 온 후의 경미의 사과였다. 청소 시간에 경미를 찾아온 경미 엄마를 내가 할머니라고 오해를 해서 빚어진 일이었다.

칠 남매에 막내인 경미는, 맏언니와 나이차가 커서 또래 엄마들에 비해 엄마의 연세가 많았다. 초등학교 때부터 학교를 찾아 온 엄마를 반 애들이 할머니라고 오해한 것이 경미는 싫다고 했다.

중학교 2학년 때 같은 반 친구로 만난 경미는, 작은 키에 깡마른 체구, 얇고 하얀 피부에 예쁜 얼굴이었다. 부끄러움을 잘 타는 경미는 출석을 부를 때 얼굴이 홍당무처럼 빨개져서 "네" 하곤 했다.

반장 선거가 있던 날, 몇 표차이로 부반장이 된 경미는 "저는 반장이 아니면 부반장은 안 하겠습니다."라며 부반장을 사퇴한 당돌함도 있었다.

우리는 체격도, 얼굴도, 성격도 닮은 점이 많아서 서로 좋아했다.

1973년, 밤 12시에 〈0시의 다이얼〉이란 음악프로가 있었다. 경미는 당시 십 대 여학생들에게 인기가 대단하던 〈0시의 다이얼〉의 진행자인 가수 이장희를 좋아했다.

경미는 아침에 등교 하자마자 "남숙아, 남숙아 어제 0시의 다이얼 들었니?"라는 말로 첫 수다가 시작 되었다. 나도 〈0시의 다이얼〉에 엽서를 보냈다며 맞장구를 쳐가며 즐겁게 하루를 시작 했다.

경미는 우리 집에 놀러 오는 걸 좋아했다. 살얼음이 동동 떠있는 우리 집 겨울 동치미가 맛있다며 학교에서 한 시간이나 걸리는 먼 거리를 겨울이면 꼭 놀러 오곤 했다. 남숙이 엄마는 눈이 움푹 들어간 게 꼭 불란서 여자 같다며 나의 엄마를 좋아했다. 상냥하고 다정다감하고 명랑하여 까불기도 좋아한 우리는 중학교를 졸업하고 각자 다른 고등학교에 입학했다. 고등학교 가서도 많은 편지를 주고받았고, 방학이면 그동안 못 만난 반가움과 사춘기 학창시절에 겪는 고민도 허물없이 털어놓으며 그렇게 여고시절을 함께 했다.

경미는 우울함이 많았다. 경미의 우울함은, 우리나라에서 SKY라고 하는 대학교에 몇 번 응시하여 실패한 좌절감으로 고통을 이겨내지 못했다. 마지막으로 응시했던 H대학교 공대에 유일하게 여학생은 한 명인 청일점으로 수석 입학했지만 휴학을 거듭하고 상실감으로 우울감은 깊어만 갔다. 본교 대학원에서 계속 수학을 하면 그 학교에 교수로 키워 주겠다는 교수들의 권유도 뿌리치고 다른 꿈을 키웠지만 끝내 이루지 못 했다.

나보다 먼저 결혼을 한 경미는 남편에 대한 불만족과 시어머니의 시집살이로 행복하지 않다며 기도로 이겨 간다고 했다.

경미 아들이 초등학교 3학년이 되던 해 어느 날, 어제까지 전화로 통화를 했건만 갑자기 경미네 집 전화번호가 끊겼고, 전화국에까지 알아보았지만 허사였다. 무슨 이유인지도, 어찌 된 영문인지도 알 수가 없으니 더 안타까웠다.

경미와의 소식은 그게 마지막이다.

삼십 년이 지났다.

많이 보고 싶고 그리운 친구.

우리가 중학교 때부터 주고받은 편지는 내 편지함에 그대로 간직되어 있고, 대학교 1학년 내 생일 때 써준 〈단장곡〉이란 시도 흐트러짐 없이 접힌 채 나의 애장품 속에서 경미를 기억하고 있다.

〈단장곡〉이란 '애끊는 듯이 몹시 슬픈 곡조'라고 했다.

단장곡의 서글픈 사슴은 빛바랜 종이로 그녀를 말하고 있다.

단장곡이 경미의 마음이었을까.

"경미야, 네가 내 옆에 있다면 지금 내가 조금은 덜 외로울 거 같은데 너 지금 어디에 있는 거니…. 보고 싶다."

경미에게 받은 편지들, 경미가 생일 선물로 준 LP 레코드판은 그녀를 더욱 그립게 한다.

그녀의 잔상이 더욱 짙게 배어 있다.

나미야

보고싶다.

이름도 예쁜 나의 친구,

그리운 친구 나미야, 잘 지내고 있니?

넌 어디서 뭐하고 사니. 같은 하늘 아래서 이렇게 소식도 모른 채 살고 있구나. 웃으면 눈이 감겨 안 보이는 눈웃음이 예쁘고, 웃을 때 까르르 머리를 뒤로 젖히며 웃던 밝고 귀여웠던 나미. 앞가르마로 깨끗하게 빗어 넘긴 단발머리가 청순했고 앳된 여고생 티도 아직 못 벗은 갓 스무 살의 재수생, 코트 목깃에 모직 마후라를 두르고 얌전히 고개를 숙이며 걸었던 너였지. 팔짱을 끼고 너랑 나란히 걷던 삼청동 길도 엊그제 같기만 한데. 넌 어디에 있는 거니. 어떤 모습으로 변해 있는 거니.

히브리노예들의 합창이 라디오에서 나오자, 제일 좋아하는 음악이라며 도취되어있던 너를 기억하고 있어. 지금도 이 노래만 나오면 네가 떠올라 아련해지곤 한단다. 음악에 대해 논하고, 나이보다 어른스러운 척, 그 때 우리는 나름 깊이 있는 서로의 얘기도 소소히 나누었는데. 그 시간은 어디에 남았나. 재수생이라는 타이틀에 모든 아픔은 다 우리 것인 양, 아픈 시간을 함께 했었잖아.

나미야.

너와 소식이 끊긴지 25년이 지났어. 네가 우리 집에 왔던 1994년 여름, 그 날이 너와 나의 마지막 만남이 될 줄을 어찌 알았을까.

"이 번호는 없는 번호이오니…." 전화 안내 멘트가 나오던 날, 놀라고 당황스러움을 지금도 잊을 수가 없단다. 너의 집 전화는 이내 끊겨 있었고, 이유도 모르는 나는 한숨만 지을 수밖에 달리 할 수 있는 게 없더구나. 혹시 바뀐 전화번호라도 알 수 있으려나, 전화국에도 여러 번 알아봤지만 모두가 헛수고일 뿐이었어.

나미야, 어떻게 이럴 수가 있니….

살아는 있는 거니?

아니면 무소식이 희소식이란 말을 그냥 믿고 살아야 하는 거니….

세월이 유수와 같아서 벌써 자녀들이 장성하고, 우리는 아줌마시절도 지나고 할머니가 될 나이에 이르렀으니. 죽기 전에 너를 만날 수는 있는지. 안타깝기만 하다.

너의 큰 아들 경석이, 작은 아들은 이름이 기억나질 않지만 어떤 모습으로 컸는지 궁금하구나. 다들 장성하고 혹시 넌 벌써 시어머니가 되어 있는 건 아닌지. 시어머니가 되어있을 너의 모습이 상상이 되질 않아. 두 딸을 가진 나는 사위 보려면 아직 더 있어야 해. 너와 마지막이던 날, 내가 안고 있던 아이는 스물일곱 살이 되었고, 이번에 대학에 들어간 작은 딸을 7년 후에 늦둥이로 한명 더 낳았지.

나이 들어서는 서로 살기 바쁘다는 이유로 경조사 때나 만나게 된다고 우스갯소릴 하곤 하는데, 그나마 너와 나는 아이들 혼인날 때라도 만날 수 있으려나.

나미야.

오늘 아침 라디오에서 '히브리노예들의 합창'이 나왔어. 여느 때와는 다른 그리움이 불현듯 가슴에 메이기에 단숨에 네게 편지를 쓴다. 언제가 될지 모르지만, 내가 쓴 책이 교보문고나 영풍문고에 앉혀질 행운이 주어진다면 네가 꼭 내 글을 보게 되면 좋겠구나.

작가 이름을 보고 내 친구 남숙이는 아니겠지, 하며 지나치지 말고 책장을 한번 넘겨주렴. 그것이 너와 나의 해후의 장이 되기를 하나님께 기도드릴게. 어디 있든지, 건강 잘 챙기고 만날 수 있는 그 날이 오기만을 바란다. 하나님의 크신 은혜가 너와 너의 가정, 가족들에게 함께 하시기를 기원한다.

우리 나이면 갱년기도 오고 예전의 모습은 쇠할지라도 우리의 맑은 영과 순수함은 그대로의 모습을 지닌 채 원숙한 노년의 얼굴로 만나자꾸나. 너와 내가 헤어져있던 그 시간들이 우리 안에 영롱하게 투영되어 우리 잘 살았구나, 아름답구나, 감탄을 자아낼 수 있는 너와 나이기를.

그리운 마음 안에 너의 모습을 그려본다.

어찌 변했을까.

2018. 5월 너의 친구 남숙

빨래판

"떡 참 맛있네. 잘 받았다. 떡 만드신 분이 어디 명인인가 보다. 떡이 아주 맛있다."

여름의 끝인 지난 8월, 팔순을 지내신 여고 때 스승님과의 통화 내용이다. 여전히 경상도 사투리가 투박하시다. 투박한 사투리 안에 정감 있고 따뜻함이 배어있는 말투 또한 사십 년 전이나 다름없으시다.

근엄함 속에 자애로움이 미소 속에 녹아 있는, 잘 생긴 남자 선생님의 등장. 큰 키에 균형 잡힌 체격까지 멋있는 외모에 반한 애들이 많았다. 일반사회 첫 수업 시간. M여고 빨래판이란 소문만큼 그 소문은 여지없이 증명 되었지만 곧이어, "저 선생님이야? 근데 너무 무서운데?" 경상도 사투리에 엄하기까지 했으니 선뜻 좋아할 수 있는 선생님이진 않았다. 그런 빨래판을, 한 눈에 반해 버린 여고생.

 여고생의 첫 사랑은 이렇게 시작 되었다.

 빨래판이란 별명답게 삼십 대 후반이셨던, 나이답지 않게 양 볼에 깊게 패인 주름은 열여덟 여고생인 우리 눈에는 할아버지 같았다. 그 별명은 널리 구름처럼 퍼져 나가 서울에 있는 여자고등학교에서 빨래판은, 신화적인 존재였다. 빨래판의 사랑앓이로 중이 된 애가 있대, 혼자 사는 선배도 있대. 무수한 소문들은 내가 졸업 할 때까지 언제나 화재에 올랐다. 요즘엔 상상도 할 수 없는 이런 감정들은 그 시대를 다닌 여고생들만의 특권이었으리라. 선생님이 복도를 지날 때면 여기저기서 "빨래판, 빨래판" 소리치는 소리가 학교를 울렸다.

 그 안엔 나도 있었다. 물론 중도 안 되었고 혼자 살지도 않지만, 그 때는 진지했다. 윤수일의 '사랑만은 않겠어요'의 유행가 가사는 다 내 얘기였다. 빨래판을 좋아하는 새로운 경쟁자가 나타나기라도 하면, 신경이 온통 그리로 쏠렸다. 교무실에 그 선생님을 만나러 가는 애들 입에선 '남숙이가 보면 큰

일 나!' 이런 무서운 뒷얘기도 오고 갔으니 전교에서 유명한 로맨스를 만들어낸 장본인이 되었다.

선생님들이 출근하기 전 텅 빈 교무실에, 선생님 자리에 꽃을 꽂아 놓고, 수업이 끝나면 수줍게 음료수 한 병을 내민다. 스승의 날과 선생님 생신이면 선물 준비에 온 정성을 쏟았다. 정성스레 써 드린 편지는 지금도 보관하고 계신다니 얼굴이 화끈거린다. 꽃과 선물의 정체를 친구가 폭로하여 나의 존재를 알게 되었지만, 별다른 내색도 보이지 않으셨다. 무심한 선생님한테 은근히 화도 났다. 전근가신 학교에서 스승의 날에는, 내게서 보내 온 편지를 학생들에게 읽어 주셨다고 하셨다.

중학교 교장으로 첫 부임 하신 학교에서는, 학생과 교직원들에 대한 남다른 사랑과, 성적표 없는 학교를 만들어 성적 평준화를 실행하신 공으로 '국민훈장 모란상'을 받으셨다. 생리통으로 고생하는 여교사에게 손수 한약을 지어 주셨다는 얘기를 나중에 사모님께 전해 들었다. 설날이면 세배 하러 오는 교직원들을 돌려보내신 청정하신 분이시다. 제자들, 동료, 후

배 교사들 모두 존경하고 따르는 훌륭한 나의 스승님, 빨래판. 지금은 일 년에 한두 번, 스승의 날이나 새해에 전화로 안부를 묻는 게 고작이다.

교장으로 퇴직하신 후에는, 고) 서정범 선생님께 수필 공부를 시작으로 제자가 되셨고 '수필춘추'로 등단하신 수필가로서 노후의 삶을 사신다. 내가 글을 쓴다고 했을 때 같은 길을 가고 있다고, 선생님이 잘 했다며 기뻐하셨다. 제자가 신인상 받던 추운 겨울 날, 중절모에 양복을 갖춰 입으시고 먼 길을 오셔서 흐뭇해하신 모습은 내 마음에 뭉클함으로 남아있다.

아날로그 시대인 십대를 지나고, 컴퓨터와 스마트폰 시대인 지금, 여든을 지나신 선생님과, 육십을 넘긴 제자가 나란히 같은 삶에 서 있다. 작년 이맘때, 십년 만에 뵌 선생님의 기품은 뭐하나 흐트러짐이 없이 곧으셨다. 반백으로 하얘진 머리와 조금 마르신 체격 외에 사십 년 전의 그 모습, 그대로셨다. 일찍이 깊게 파인 주름 덕분에 오히려 삼십대 보다 더 젊어 보이신다. 지금의 빨래판은 되려, 더 멋진 빨래판이 되어 계신다. 살아오신 연륜과 인품이 덕으로 배어 있으시다. 여든의 나이로, 몸이 아픈 친구를 병원까지 오가며 보살펴 주시는 선생님의 따뜻함과 인자함에 사춘기 여고생의 넋을 잃게 하셨나보다.

평생을 교육자로서의 품위를 잃지 않으시고 먼저 베푸는 삶을 사셨고, 강직하고 순수하며 소박하게 아름다운 삶을 살고 계시는 선생님.

수줍은 사춘기 소녀에서, 한 시대를 걸어가는 스승과 제자.

소중하고 아름답게 받아주시고 지켜주신 선생님.

"난 아무나 안 좋아해. 내가 좋아하는 사람은 모두 다 베스트야."

빨래판.

역시, 베스트다.

더러운 것을 씻겨 내는 빨래판. 한 번 빨래판은 영원한 빨래판.

맑고, 청정하게 평생을 사신 선생님과 걸맞은 별명이었다는 것을, 사십 년 전의 M여고생들은 알고 있었는지.

작년부턴가 자주 기운이 없다고 하신다. 염려되는 마음을 기도로 대신하고 있다.

"선생님, 지금의 그 멋진 모습으로 건강하게 오래오래 사세요."

감사합니다, 선생님.

예 인

기가 막히다고 하는 게 이런 걸 두고 말하나보다. 순간 너무 놀란 나머지 어찌 된 영문인지에 온 마음이 쏠렸다. 급히 사장님을 찾아 원인을 듣고는 세상에 이럴 수가 있는지 할 말이 없었다. 엊그제 다녀갔을 때만해도 화려한 외관을 자랑하듯 이 자리를 지키고 있던 〈예인〉은 온데간데없었다.

자상하고 섬세함을 지닌 카페 사장은 한 결 같이 부드럽고 친절했다. 우리 가족이 〈예인〉을 좋아하게 된 이유 중의 하나이다. 품위가 느껴지는 예인 사장의 향수의 향은 언제나 매력적이었다. 정갈하게 차려 입은 예인사장의 드레스코드에서 그가 멋쟁이임을 한 눈에 알 수 있었다. 이런 사장님은 손님들의 기분을 좋게 했고, 산장처럼 아담하고 예쁘게 지어진 〈예인〉은 지나가던 이들의 마음을 끌어 들이기에 충분했다.

1994년 여름, 8월 첫 날.

여름휴가를 멀리 가지 않기로 한 우리 가족은, 남이섬을 가기로 집을 나섰다. 마석에 있는 모란 공원을 지날 무렵 예쁜 카페가 눈길을 끌었다. 그 때 두 살배기 딸아이가 목이 마르다 하여 물을 찾던 중이었고, 그 곳에 들어가 신세를 질 요량이었다.

– 죄송하지만 물 한 잔 주시겠어요?

– 어서 오세요.

친절하게 맞이하는 사장님의 배려는, 미안하던 마음이 무색할 정도로 편안하게 해 주었다.

〈예인〉과 P사장님의 인연은 이렇게 시작 되었다. 실내로 들어서니 카페 안은 낮은 조명에 아늑함이 느껴졌다. 그리 넓지 않은 작은 공간이 포근하고 좋았다. 작은 무대에선 밀 짚모자를 쓴 두 남자가 한 명은 기타를 치고 다른 한 명은 노래를 부르고 있었다. 가족 같은 따스함이 전해오는 카페였다. 여기저기 앉아있는 손님들의 즐거운 표정들이 정겹게 눈에 들어왔다.

주말이면 드라이브 삼아 〈예인〉엘 갔다. 고급스러운 헤이즐넛 커피 향이 카페 안을 가득 채웠다. 멋쟁이 사장님의 친절함과 아기자기한 실내 인테리어가 눈길을 끌었다. 사장님이 우리 딸아이를 귀여워하는 것도 특이한 일이었다. 이십여 년이 지난 지금도 사장님은 우리 큰 딸아이 안부부터 묻곤 한다.

그렇게 시간이 흐르고 점점 〈예인〉이 유명세를 타니 비좁은 공간을 확장하였다. 호주의 오페라하우스를 연상케 하는 화려하고, 이국적인 외관의 멋진 카페는 커피 맛도 일품이었고, 인테리어며 직원들의 서비스, 뭐 하나 허술한 게 없이 오는 손님들을 만족하게 했다.

잡지사에서 카페 예인을 소개하는 기사를 싣겠다고 기자들이 줄지을 정도로 〈예인〉의 이름이 날로 높아질 그쯤이었다. 그런 멋진 곳이 어느 날 불이 나서 잿더미로 변했다. 그 때의 참담함과 아쉬움이란 이루 말 할 수가 없었다. 특별한 원인도 찾지 못 하고, 예인은 사라졌고 그 후에 다시 재건축을 했지만 예전의 예인의 모습을 따라가진 못했다. 다시 일어서질 못했고, 〈예인〉은 더 이상 존재 하지 않았다. 예인 사장님과도 그게 마지막이었다. 핸드폰이 없었던 때라 연락 할 도리가 없었다. 아쉬움이 컸고, 몇 해가 지나도 우리는 늘 예인 사장님을 궁금해 하며 떠올리곤 했다.

커피를 마시기 위한 목적이라기보다는 그냥 예인이 좋아서 주말이면 그 곳엘 갔다. 하루아침에 아지트를 잃은 남편과 나는 허전했다. 아늑하고 익숙하고, 편안함이 있었던 그 곳을 가는 즐거움이 사라졌다.

아깝게 〈예인〉을 잃은 후 몇 해가 지났다. 우연히 강촌을 지나다가 〈예인〉의 이름을 발견 하고는, 그 예인인가? 두근거리는 마음으로 혹시나 하는 마음에 조심스럽게 카페 안에 들어서니 그 때 〈예인〉사장님의 맏형이 있질 않은가. 그간의 안부를 묻고 서로의 반가움도 풀며 예인의 P사장님의 근황도 듣게 되었다. 그 당시, 형제들의 분란으로 다툼이 있었고 각자 뿔뿔이 흩어졌다고 한다. 아마 짐작 하건대, 카페를 서로 차지하겠다고 충돌이 있었던 것 같다.

인간의 욕망과 탐심으로 인해 각자의 길이 달라지고 그렇게 근사하고 아름다운 〈예인〉은 영원히 사라지고 말았다. 요즘 넘치는 게 카페지만, 어디에서도 그런 정겹고 아름다운 곳을 찾아보긴 어려운 일이다.

이십여 년이 지난 지금도, 〈예인〉의 P사장님은 멀리 미국에서도 해가 바뀌면 우리 가족들의 안부를 물으며 새해인사를 전해 온다. 특히 스물여섯 살이 된 우리 큰 딸아이의 안부를 가장 궁금해 한다. 〈예인〉은 사라졌지만 사장님과의 인연은 여전히 이어지고 있다.

그 세월이 어느 덧 26년이 흘렀다. 강산이 몇 번 바뀌었나. 그 때 내 나이가 서른다섯 살이었고, 애기 엄마가 예쁘다는 말을 들었던 삼십대의 인연. 아름답고 값진 인연이다. 긴 시간 속에 녹아내린 〈예인〉 P사장님과의 인연은 화려하진 않지만 은은하며, 우리 가족들 가슴 속에 소중하게 자리 잡고 있다. 한 시대의 삶을 함께 걸어가는 인연. 그 안에는 우리만의 스토리가 있다. 아무런 이해관계가 없는 세월의 지나옴을 말해주는 정이 녹아 있는 만남이다.

올 해는 어찌된 일인지, 해가 바뀐 지 몇 달이 되었건만 아무런 소식이 오질 않는다. 기다림 속에 염려스러움도 같이 녹아내린다. 쉽게 만나서 헤어지고, 새로운 인연을 찾는 거에 능숙한 현대인들 틈에서 카페 사장님과 인연은 참 소중하고 아름다운 일이다.

〈예인〉의 만남과 이별,

예인의 P사장님과의 우정, 인연은 돈으로 살 수 없는 귀하고 값진 것이다. 이러한 인연이 많을수록 세상은 아름다워지고 마음은 풍요로워지며, 사랑으로 가득 할 것이다. 내가 살아가는 동안, 이런 것들을 쌓아가고 싶다. 주님께 받은 은혜를 나누며 항상 넉넉한 마음이 되기를.

이제 다시, 또 다른 예인을 만날 수 있을까.

6월 어느 날, 예인 사장님의 전화가 왔다.

별 일 없었냐고, 궁금했다는 우리 가족들의 안부를 전했다. 바쁘긴 했지만, 별 일 없이 잘 지냈다고 사장님이 소식을 전해준다.

한국에 오면 보자고 했다.

훈훈하고 반가운 전화였다.

윤 교수님

　과수원 주인이 꿈이었던 어린아이가 어른이 되어 수필가가 되었다. 청바지를 즐겨 입고, 잘 어울리는 어른이 되었다.

　내가 그를 만난 이후로 맨 머리를 보질 못 했고 항상 모자를 쓰고 있었다. 모자도 잘 어울릴 만큼의 멋쟁이 신사다. 겨울의 행사가 있을 때마다 주황색 스웨터를 트레이드마크인 양 입고, 청바지에 모자를 눌러 쓴 젊은 감각을 지니고 있다. 청바지 두 벌이 전부라며 글 쓰는 사람이 그거면 충분하다고 한다. 검소함이 주는 그 만의 멋이 있다. 서재 한 면을 다 채울 정도의 담배 파이프를 수집하였지만, 담배는 피우지 않고, 평생 술도 마시지 않는다.

　수필을 평생의 반려자로 삼아 일생을 수필의 길을 걸어오신 분!

운정, 윤 재천 교수님이시다.

운정은 '구름카페'다. 자유로움을 사랑하고, 인연을 중히 여기는 교수님은 구름카페를 만들어 문인들의 사랑방이 되기를 원하신다. 청바지와, 모자, 차를 마시며 문인들과 글에 대해 이야기를 나누고 인연을 만들어 가는 이 시대의 로맨티스트다.

수필로 외길을 걸어오신 순수한 분이시다. 항상 순수함과 정직함을 가르치시고, 무엇이든지 사랑하라고 말씀하신다. 틀에 박힌 글이 아니라, 남을 따라하는 글이 아닌, 자기만의 색깔이 드러나는 글을 쓰기를 강조 하신다. 작가는 글 외에 다른 것은 소용없다고 하신다. '작가는 오직 작품으로 말하라'는 철학적 사고를 심어 주셨다. 성품도 따뜻하여 제자들을 아끼고 사랑하신다. 누구에게든 받은 메모나 작은 쪽지 하나도 소홀히 여기지 않으시고 귀하게 여기는 겸손한 분이시다. 엄격하지만 사랑이 많으시고, 비난과 비판을 구분 하라 가르치신다. 무서움을 눈웃음으로 녹이신다. 만남과 인연을 소중히 여기라고 강조 하신다.

2016년 12월, 서초수필에서 겨울학기를 시작으로 윤 교수님의 제자가 되었다. 늦깎이로 수필의 문에 들어와, 그 분의 품에 들어가게 되었다.

윤 교수님은, 삶의 본질을 말씀 하신다. 사랑하라고 가르치신다. 살아가는 자세를 보이신다. 가슴을 살찌게 하는 수업이다. 글을 쓰는 마음을 가르쳐 주시고, 인생의 중심을 말씀하신다. 그 안에는 글을 쓰는 지혜가 담겨있다. 제자들은 성장하고 있고, 글쟁이들로 새롭게 자리매김을 한다. 윤 재천 교수님의 제자로서.

서초수필 반에 들어 온지 일 년 만에 등단이라는 기쁨을 안겨 주신 감사한 선생님. 엄하시고 냉철하게 보이는 교수님 안에는, 따뜻함과 묵묵함, 부드러운 자애가 깃 들어있다. 금년 초, 총무직의 책임을 끝까지 못 하게 되었을 때, 묵묵히 품어 주시던 자애로움을 보았다. 감사할 뿐이었다. 참 사랑을 보여 주시는 큰 분이시다. 소나무 같은 꿋꿋함, 곧음, 강직함, 푸르른 향기가 그 분에게서 뿜어 나온다. 작가는 글만 잘 쓰면 된다며 힘을 주시던 너그러운 품을 보았다.

교수님은 말씀하신다. 어느 '품'에 안기느냐에 따라 진로가 결정 되고 운명이 정해진다고. 늦깎이 글쓴이는, 윤 교수님의 품에 안겨 작가로서 인연을 결정짓게 된 것이 큰 행운이다.

"작가는 카오스 속에서도 모든 것을 헤쳐 나가며 청청한 바다를 바라보기도 하고, 느낄 줄을 알아야 하고, 응시 할 줄도 알아야 합니다."

〈일생, 수필의 길을 걸으며-나의 인생, 나의 문학〉에서 이렇게 멋진 말씀을 남기셨다.

청송이다.
그 분이 수필이다.
제자들은 그 분을 윤 교수님이라 부른다.

윤 교수님의 일생은, 수필을 위해 큰 열매를 거두셨다. 과수원 주인이 되지 않은 게 얼마나 다행한 일인가!

3부

드립커피 처럼

재 단

스트레칭을 한다.

묶여있던 세포들이 풀려나간다.

꿀을 탄 홍삼으로 그 날의 건강을 챙긴다.

밤새 목마른 화초들한테 물을 준다.

집안을 치운다.

가구 위의 먼지들을 닦는다.

소파위에 널 부려져 있는 쿠션들을 창문에 내어 턴다.

바닥청소까지 끝낸다.

햇살이 드리운 거실이 커튼사이로 화사하게 빛난다.

기도를 한다.

우유에 볶은 귀리가루를 타서 계란 프라이와 빈 속을 채운다.

사과 반쪽도 곁들인다.

비타민 C, D, 오메가3, 영양제도 챙겨먹는다.

오늘의 시작이 끝났다.

커피 머신을 켠다.

원두 갈리는 그라인더 소리가 또 다른 하루의 시작을 알린다.

코스타리카의 진한 커피 향이 온 집안을 기분 좋게 한다.

좋아하는 커피 잔에 커피를 따른다.

맛있다.

연이은 맑은 하늘이 잠재 되어 있던 가슴을 움직인다.

혼자만의 시간이다.

쳇바퀴 돌 듯,

지루함이 아닌 평온한 오늘이다.

오늘은 무슨 일이 일어날까.

어떻게 시간과 싸우며 보낼까.

재단하는 시간.

성경필사

새벽 6시
주님이 단잠을 깨우신다.
주님의 음성은 달콤하다.
네, 하며 발딱 일어난다.

하나님께 더 가까이 가겠다는 마음으로
더 깊은 믿음의 삶을 살아내도록
참된 믿음의 삶을 살아내려고

주님이 깨우신 새벽에
책상 앞에 앉는다.

올 해 결단이

나태해지지 않도록

영적으로 쇠약해지지 않도록

오늘도

성경말씀을 노트에 써내려 간다.

마디마디 부은 손가락의 통증이

치유와 회복이 되는 기적을 이루어달라고

기도드리며

창세기 말씀에서

내게 주시는 레마의 말씀에 귀 기울인다.

동이 터 오른다.

오늘도 주님께서 기뻐하시는 하루가 되기를….

사임당 품처럼

늦가을의 절정은 우리를 가만 내버려두질 않는다.

'시몬, 너는 좋으냐? 낙엽 밟는 소리가.' 구르몽의 시가 떠오르는 가을이 우리를 황홀하게 한다.

가을을 보내기 아쉬운 나의 마음은 아랑 곳 없이 가을은, 제 잎을 떨구어 빛바랜 낙엽으로 거리를 채운다. 바스락 소리에 다람쥐도 놀라 달아난다. 겨울 같던 어제의 칼바람이 무색할 정도로 포근한 만추의 주말. 바쁜 아이들과 동행하여 떠난 강릉에서의 하룻밤 가벼운 여행은 엑기스였다.

하늘. 구름. 바람. 바다. 파도. 모래. 단풍. 낙엽.

헨델의 메시아, 테라로사, 차가운 물회. 강릉과 함께 벗 할 수 있는 것들이 감정을 사로잡는다.

거리는 조용하고, 차도 사람도 붐비지 않는 강릉의 차분함이 마음을 끈다. 퇴직하면 여기 내려와서 살자고 남편이 얘기한다. 식당의 인심도 후하고 넉넉하여 다음에 또 오겠다는 약속을 한다. 사임당의 고고한 인품과 아름다움이 도시에 내려앉은 듯, 고즈넉함이 저녁놀에 물들어 있다. 해마다 강릉을 찾는 매력적인 이유이고, 정이 가는 이유이다.

신사임당과 율곡 이이가 태어나 자란 강릉은, 오죽헌과 선교장 등 여러 가지를 통해서 옛 모습을 고스란히 볼 수 있는 곳이다. 솔 나무가 빼곡히 해변을 채우고 솔 향이 가득한 경포대, 정동진, 볼거리도 다양하며 풍부하다. 사임당의 기품과 이이의 덕망이 조용하고 겸손하게 말을 한다. 교양과 학문을 갖춘 훌륭한 여성상으로 꼽히는 사임당의 지혜와 기량이 얼이 되어 지금의 강릉으로 이어오게 했으리라. 어머니 품처럼 온화하고, 단아하고, 넓고 깊은 자애로움을 안고 매력적인 강릉으로.

예수 그리스도의 고난과 부활을 노래한 헨델의 〈메시아〉 전곡을 듣기위해 만추의 강릉을 찾았다. 강릉시립합창단이 두 시간 반 이라는 긴 시간을 숨죽이며 집중하게 한다. 지휘자의 춤추듯 부드러움 뒤에 뿜어내는 강렬한 지휘봉에 매료 되었고, 예수님의 고난을 눈앞에서 보이듯 헨델의 선율은 기립 박수로 환호하게 한다. 메시야의 꽃인 '할렐루야'가 터져 나오자 객석에 앉은 회중들이 여기저기서 일어났을 때는 장엄했다. 앞으로 오실 예수님을 맞이하듯 엄숙함의 전율이 온몸을 감싼다. 환희와 감동의 여운으로 강릉에서의 첫 밤을 보냈다.

요즘 인기 있는 하나로 자리매김 한 호텔 바캉스는, 바쁜 현대인들에게 신선하며 매력적인 휴가로 떠오르고 있다. 호텔에서 하루, 이틀 묶으며 시간과 에너지를 절약할 수 있고 쉼을 얻을 수 있다는 매력이 있다. 고급스러운 인테리어에 몸과 마음도 호사를 누린다.

이튿날, 떠오르는 태양을 보기위해 잠을 설쳐가며 눈을 떴다. 일출을 생생하게 볼 수 있는 것은 동해만의 보너스다. 동해 하늘은 서서히 빛을 밝히고 '태양은 오늘도 떠오른다.'라는 기량을 당당하게 뿜어낸다.

솔 내음이 가득한 경포 바닷바람의 차갑고 신선한 공기를 마시며 호텔에서의 조식을 즐기러 가는 멋과 맛이 있다. 편한 얼굴과 복장으로 자리를 찾아 앉는다. 창가 쪽은 부지런한 이들의 차지련만, 비어있는 자리가 눈에 띈다. 따사로이 창을 뚫고 굴절 되는 빛이 화사하다. 기분 좋은 시작이다.

바다는 푸르고, 모래는 길고 넓게 펼쳐져 있다. 하얀 거품을 내뿜은 파도는 아침 햇살에 눈이 부신다. 파도를 가르며 쾌속으로 달리는 보트가 짜릿하게 눈에 잡힌다. 겨울바다의 싸한 공기가 얼굴에 와 부딪혀 코끝을 싸늘하게 한다. 한적함은 있지만 고요하진 않다. 발에 밟히는 모래알이 보드랍다.

그 날의 행복은 사진 속의 얼굴들이 말을 한다. 그 날 떠오르는 태양만큼이나 밝고 환하다. 딸들과 함께 찍은 사진은 최고의 명작이다.

헨델의 메시아로 마음을 풍요롭게, 호텔에서의 느긋한 휴식. 겨울 냄새 가득한 싸한 바다를 가슴에 안은 1박2일의 짧은 여행. 늦은 가을을 보내기에 소박하며 단아한 시간이다.

얼큰하고 찐한 장칼국수로 맛있는 점심식사를 한다. 바다가 보이는 카페에서 잠시 쉬어간다.

입안에서 맴도는 비엔나커피의 달콤함은, 돌아오는 내내 사임당의 품에 젖어들게 한다.

강릉을 기억하게 한다.

구름 속 노고단

지리산의 웅장함에 빠져 넋을 잃었던 나흘간의 일정은 매력적이었다. 가을에 다시 오겠다는 약속을 지리산에게 남기고 남원에 들러 상경했다. 차량도 드물고, 인적도 없고, 신호등도 없는 물 좋은 호젓한 동네에서 낙원의 일상을 보냈다.

이번 여름휴가는 노고단에 오르는 꿈에 설렘이 컸다. 지리산 일대와 근접 해 있는 어디든 가깝게 다녀 올 수 있는 좋은 점도 마음에 들었다.

노고단에서 삼사십 분 떨어져 있는 곳의 숙소는, 주변이 고요했고 사방이 지리산의 산새를 안고 있었다. 수려한 지리산의 산하와 달리, 주변은 수수하고 인근의 발길이 없는 조용한 동네였다.

광활함, 여름햇살, 여름공기. 뜨거운 태양.

지리산 자락에 내린 첫 느낌은 이러했다. 신선하고 상쾌한 것들에 들숨 날숨을 고르며 지리산을 느꼈다.

첫날, 두리번거리는 마음으로 가볍게.

도착하니 오후 네 시. 지고 있는 석양이 우리와 마주했다. 짐 정리를 끝내고 가까운 화엄사와 수락폭포에 들렀다. 전라남도 구례에 있는 화엄사는 통일신라시대에 지어진 화엄종 중에 가장 큰 사찰이다. 저녁 공기를 들이쉬며 절 내부를 둘러보며 산책을 했다. 가장 인상적인 것은, 신라 석등의 백미라하는, 각황전 앞에 세워진 석등이었다. 국내에 현존하는 석등 중에 가장 규모가 큰 석등이다. 석등은 장중하며 세부 조각이 섬세하고 뛰어나 통일신라 석조 미술을 대표하는 작품이다. 화엄사 전경을 둘러보는 사이 피로가 풀리고 맑은 정신으로 숙소 근처로 돌아왔다.

'국수가 맛있는 집'의 이름에서 국수를 좋아하는 나를 불렀다. 온화해 보이는 아주머니는 엄마의 손길처럼 국수를 말아냈다. 동네 사람이 아니란 걸 알아차린 주인아주머니의 삶의 얘기를 듣는 재미가 정겨웠다. 깜깜해져가는 밤에, 주변의 밤

냄새에 마음이 녹아들었다. 낯선 곳에서의 밤은 지나고 피곤함이 몰려왔다.

둘째 날, 설레는 노고단 속으로.

노고단의 명성을 짐작케 하는 수려한 산하, 가파른 절벽, 절묘한 경관들에 경이로울 뿐이다. 끝이 어딘지 보이지 않는 돌계단이 시작 될 때는 되돌아가고 싶은 심기였지만, 노고단의 풍광에 포기 할 수 없었다. 오르는 내내 그림처럼 수려함이 펼쳐져있다. 구름이 산허리에 닿아 시야가 온통 구름에 덮여있다. 광활한 지리산의 산새가 드러나지 못 한 게 얄미웠다. 노고단까지 젖 먹은 힘을 다해 올라갔지만 하얗게 덮은 구름이 눈앞을 가리고 있다. 구름에 앉아 있는 듯하다. 정상에서 내려다보이는 드넓게 펼쳐있는 지리산은 구름에 모습을 감춰 버렸다. 몇 달 내내 쨍쨍하다가 그날 처음으로 이렇단다. 머리로 그려오던 굽이굽이 산등성이도, 아름다운 지리산 모습도 구름에 쌓여 한 치 발 앞도 보이질 않는다. 아! 이럴 수가.

노고단에서 내려오자 조금 전의 먹구름은 억수 같은 폭우로 내리고 산장에서 비를 피하느라 휴식하며 감사했다. 아쉬움은 있었지만 노고단 정상을 정복 했다는 뿌듯함으로 구름 속에 가려진 노고단을 용서하기로 했다.

호젓하고 깜깜한 밤길이 평화로웠다.

셋째 날, 가을이 좋은 피아골에서 여름을 즐기다.

흐렸던 어제와 달리 숙소에서 내려다보이는 지리산은 선명했다. 모든 걸 껴안고 호령하듯 위엄도 있었지만 나의 가슴에 화답하는 양 말을 걸어온다. 대답했다. 네가 좋다고. 너와 말하려 왔다고. 인근마을의 아침은 적막했다. 생기 있는 도시의 번잡함이 아닌 사람이 살지 않는 듯한 고요함이었다. 도로변의 수목들이 여름 햇살 사이로 무성한 진초록으로 빛나고 있다. 눈이 부시다. 여유로움이 편안한 아침이다. 베토벤의 전원 교향곡이 어울리는 전원의 풍경이다.

지리산에서 빼놓을 수 없는 피아골 계곡은, 지리산을 에워싸고 가운데 파묻혀 있어 물 흐르는 소리만이 메아리친다. 발을 담그니 발이 시리다. 바닥에 송사리들이 보이는 거울처럼 맑은 물속에서 남편은 헤엄을 치며 어린아이처럼 신나한다. 신선놀음이 별거더냐. 지리산의 정기를 내 뿜듯 폭포의 줄기가 시원하게 뻗어 내린다. 몸 안에 있는 묵은 찌꺼기들이 녹아내리는 듯 후련하다.

저녁노을이 아름답다는 와온해변으로 해안도로를 따라 달렸다. 끈적이는 소금기가 바람 타고 피부에 기분 좋게 닿았다.

단아한 항구가 쓸쓸하게 해변을 지키고 있다. 아기자기한 항구의 표정이 소박하게 예뻤다. 고기잡이 어선들이 고즈넉하게 구석에 매여 있다. 노을이 내리려는 어스름한 시간에 해는 머리를 감추고 바다 속으로 숨어들고 있다. 노고단에서의 아쉬움이, 지는 노을도 못 보는 서운함으로 이어졌다. 해변에 어울리는 예쁜 카페는 외로워 보인다. 50대 초반으로 보이는 여주인이 직접 염색한 작품들로 형형색색 스카프와 모자가 진열 되어 있다. 초록색 벙거지모자를 하나 사고 커피 한 잔에 몸을 풀고 여수밤바다로 마지막 행선지를 옮겼다. 버스커버스커라는 가수가 불러 유명해진 여수 밤바다. 여수구 해양공원은 은빛 물결로 빛을 이루고 여수 밤바다의 색채가 오색찬란하여 매우 아름다웠다. 불야성을 이룬 주변에는 즐비하게 늘어선 낭만포장마차가 여행객들의 밤을 흥겹게 했다. 여행지에서만 느낄 수 있는 흥과 분위기에 젖어 다소 과한 음식 값도

눈감아 줄 수 있었다. 계곡에서 해변으로, 마지막을 밤바다의 흥과 정취에 맘껏 취한 셋째 날의 일정은 환상이었다.

마지막 날, 지리산을 떠나며.

떠나는 날 아침은, 분주하며 아쉬운 마음이다. 서울로 올라가는 길에, 남원에 몇 군데 인상적인 곳에 들렀다. 맛있는 밥집과, 인상적이었던 카페에 들르기로 했다. 갖가지 귀한 재료들로 채워진 영양돌솥밥이, 맛보다 그 집의 향기가 좋아 다시 오자고 했던 기억이 있는 곳이다. 연세 많으신 할머니의 정성 들여 지어내온 영양돌솥밥의 맛과 인품은 그대로였다. 허리가 굽어 바로 서지도 못 하는 할머니의 모습에서 강인한 아름다움이 보인다. 돌솥밥을 지어 식탁까지 손수 내어오는 정성어린 손길은 여전히 고왔다. 작은 체구에도 힘이 있어 보였고, 그 연세에 일하는 모습에서 진정한 아름다움과 건강미가 넘쳐 보였다.

지리산의 3박 4일의 여정은 잔잔하고 소박했다. 수려하고 광활하며 바람과 구름의 길을 따라 노고단 정상을 바라보며 걷던 길을 기억하게 한다. 가파른 절벽과 돌계단이 그리운 매력적인 노고단이, 가을에 온다더니 왜 안 오냐고 부르고 있다.

지금쯤 노고단과 피아골의 가을은 얼마나 아름답게 물들이고 있을까.

작은 여행에 웃고 즐거워하며, 한 자리에 모이기 어려운 가족들과 바쁜 일상에 쫓겨 사는 도심에서 탈출하여 맑은 정기와 숨을 쉬며 함께 한 나흘간의 시간이 귀할 뿐이다. 대자연을 지으시고 보게 하신 주님의 은혜가 더 감사했던 노고단 여행이었다.

광화문

새벽예배와 기도를 마치고 나온 이른 아침 7시 반.

초록빛으로 물들어가는 키 큰 나무들이 광화문 세종문화회관 주변에 양 옆으로 늘어서 있다. 신선한 공기를 후~~ 들이마시며 눈을 들어 바라보는 하늘에는 파란 구름이 경탄을 자아내게 한다. 세종문화회관 뒤의 한적한 길을 따라 세종로 주변을 산책하고 앉은 여기.

하루를 여는 지금.

시작을 알리는 시간이다.

햇살이 서서히 퍼진 빛에 눈이 부시다. 작은 노상카페가의 문도 아직 닫혀있다. 새벽이슬로 촉촉이 젖어있는 카페의자의 물기를 대충 닦아내고 앉는다. 상쾌한 이 기분이 그저 좋다. 아직은 아무도 오지 않는 주변의 거리는 인적이 드물고 조용하다. 아무도 방해하지 않는 홀로 있는 이 시간은 온전한 나만의 카이로스*의 시간이다. 날마다 쳇바퀴 돌 듯 따분하다고 불평을 늘어놓는 불평이 무색하리만치, 지금은 눈이 부셔라 쪼아대는 태양을 안고 행복하다고 한다. 살랑거리며 흔들리는 싱그러운 나무들을 바라보며 아름다움에 마음이 녹아든다. 바라다 보이는 세상은 다양하지만 하나님의 창조 세계만큼 아름다운 것이 있을까.

오전 8시.

빛나는 태양.

아직 상가들은 조용하다. 일터로 나가는 사람들을 실어 나르느라 바삐 달리는 자동차들, 버스들의 달리는 요란한 소리만 아침의 고요를 흔든다.

연초록빛으로 6월 하늘의 신선한 공기를 가르며 오래된 고목에 반쯤은 피어오르는 나뭇잎들이 하늘하늘 거리며 새 생명임을 알린다. 그 사이로 태양에 그림자 지는 명확하지 않은

---

* 카이로스: 특별한 시간을 의미하는 그리스어, 올바른 때, 결정적인 때

발걸음들, 사물들.

바쁜 발걸음들 사이로 햇살이 그들을 부추긴다. 서두르는 마음에 쫓아가기 버거운 발걸음들. 1층에는 Hollys 카페가 있고 그 위로는 법률사무소로서 명성 높은 김&장 로펌이 있는 빌딩. 할리스 카페에서 블랙커피 한 잔을 시켜놓고 커피 향을 기다린다. 광화문역 1번 출구에서 우르르 지하도를 올라오는 발걸음들은 오늘의 생기를 느끼게 한다. 주변은 활기차다.

힙 라인이 매혹적으로 드러나는 검정 롱스커트에, 하얀 피부 살을 드러낸 민소매 티셔츠에 뾰족한 하이힐로 또깍또깍 소리를 내며 걷는 세련된 여인이 지나간다. 빌딩 문을 열고 들어온다. 옷맵시를 보며 변호사인가, 추측을 해본다. 섹시하게 보일 수 있는 그녀의 패션 감각이 커리어 우먼답게 단정하고 단호해 보인다. 한 번 더 뒤돌아보게 하는 매력적인 그 여인의 하루는 어떨지, 괜히 은근히 엿보고 싶어진다.

그녀에게 비쳐지는 모습들이 아침을 밝게 한다. 생동감이 넘친다. 나도 몇 년 전만 해도 저랬는데, 하며 웃음으로 그 때를 바라본다. 예쁜 샌들로 발가락을 드러내고 살이 드러나는 블라우스를 입은 여인들로 거리는 찰랑거리니 노출의 계절이 왔다.

저들의 보여 지는 아름다움 사이에서 오늘도 웃고, 울고, 새 생명이 잉태되고, 누구는 사랑하고 이별하고, 우리의 숨겨진 일상이 그려진다.

아침 아홉시가 넘은 이 시각.

커피를 한 손에 들고 잰 걸음걸이로 사무실로 출근하는 모습들은 이제 안정을 찾아가고, 유모차에 아기를 태운 젊은 엄마들, 느린 걸음걸이로 생각에 골똘하고 걷는 중년을 넘어간 듯이 보이는 아저씨들, 둘 셋 모여 즐거워 보이는 아주머니들의 모습들로 거리는 다른 활기로 채운다. 각자의 모습들이 오늘을 말해준다.

하루는 스물 네 시간.

주어진 틀 안에서 어디로 향하는지 발걸음도 다르고, 기분도 다양하지만 모두들 사랑을 위해서 오늘도 애를 쓰겠지.

가족을 위해서, 세상을 위해서, 나를 위해서.

광화문의 아침은 빛을 비추는 태양이 사랑의 향기로 채워가는 거리.

젊은 날의 추억이 서려 있고, 이십대부터 내가 다니는 교회
가 있고, 익숙한 거리, 익숙한 나무들, 익숙한 향기들.

그래서 광화문이 좋다.

2021년 새문안을 찾아 온 가을의 향기

"반갑습니다!"

굵고 나지막한 낯익은 음성은 얼마나 반가웠던지.

이수영목사님을 강사로 모신 가을부흥사경회의 첫 시작을 알렸다.

2016년 12월 말로 새문안 교회를 은퇴하신 이수영목사님이 강사로 오신다는 말에 우리 새문안교인들의 관심과 기대는 더욱 컸다. 은퇴하신 후, 4년 10개월 만에 우리 새문안교회 새 성전에 다시 서신 목사님을 뵈니 감회가 새로웠다. 예배당을 꽉 메운 성도들의 가슴이 얼마나 벅찼을지, 두 눈 크게 뜨고 모두가 이수영목사님께 집중되었다.

초겨울 기온으로 지난 한 주간의 쌀쌀했던 날씨도 부흥사경회가 시작하여 끝나는 3일 동안 포근한 날씨가 연이어져서 하루 두 번, 새벽집회와 저녁집회에 교회 오가는 성도들의 발걸음도 가볍게 했다. 부흥사경회를 한 달 앞둔 시점부터, 교회 인원의 10%만 참석 가능했던 거리두기 단계가, 교회 내 50% 참석이 가능하게 완화 되어 많은 성도들이 참석하게 된 것 또한 감사한 일이다. 이 모든 건 다 하나님의 뜻과 계획아래 베풀어 주신 주님의 은혜임에 감사했다.

이번 부흥사경회의 전체적인 주제는 로마서 12:2 말씀으로 "하나님의 뜻을 분별하여 삽시다."이다. '영적인 삶이란, 무엇인가'에 대한 말씀은, 하나님의 나라를 바라보는 삶, 그리스도 안에서 참 인간답게 사는 삶, 성령의 능력과 역사 안에 있는 삶을 살아야 함이라 하셨다. 그러기 위해서는 세상 사람들과 다른 삶, 예수 그리스도를 닮는 삶을 살아야 함으로 '영적인 삶을 사는 사람의 모습'을 강조하셨다. 특히 이수영목사님이 은퇴 하신 후에 펼치고 계신 〈그의 백성 운동 (HIS People Movement)〉에 대한 겸손. 정직. 검소한 삶에 대한 말씀을 전한 사경회 둘째 날 저녁 시간은 이번 사경회의 절정을 이루었다. 1시간 18분 동안의 긴 시간이었지만 어느 누구하나 요동 없이 교인들은 집중하며 진지했다.

사경회 3일 동안 다섯 번의 말씀을 듣는 내내 찔림과 고백과 회개의 마음들로 저 깊은 속에서 벅차오르는 뜨거운 전율을 느꼈다. 나는 그리스도의 마음을 닮아가려고 얼마나 노력했는지, 믿지 않는 사람들과 구별되는 영적인 삶을 살고 있는지, 하나님과 올바른 관계의 삶을 살고 있는지, 자기성찰의 시간이었고 의식성찰의 시간이었다.

그리고는 곧 다독였다. 말없이 묵묵히 행하는 삶으로 하늘의 별들처럼, 들의 백합처럼 감동을 줄 수 있는 아름답게 그리스도의 향기를 드러내야한다고, 조용히 결단해본다.

겸손하고, 정직하고, 검소하며, 영적인 삶을 살라! 는 이번 사경회의 강력한 메시지가 가슴에 깊이 뿌리 내린다. 믿는 우리들은, 하나님의 나라와 영생에 대한 소망을 품고 주님 앞에 다시 서는 날까지 참된 예수그리스도의 마음과 모습을 드러내는, 하나님께서 기뻐하시는 영적인 삶을 살기를 소망하며 노력해야 한다.

이번 가을부흥사경회는 코로나19로 인해 느슨하고 나태해진 영혼을 맑게 하는 생수가 되었고 '영적 터닝 포인트'가 되었다.

주님이 주신 깊어가는 만추의 아름다움에 사경회 때 주신 말씀의 은혜가 더하여, 2021년 새문안의 가을은 말씀의 향기로 가득했다.

연로하신 연세에도 3일 내내 여전히 목회자로서의 기품과 품격을 잃지 않으시고 사랑으로 말씀을 전해 주신 이수영 목사님께 감사드리며, 모든 영광 하나님께 올려드린다.

사소한 수다

가족이라고 해도 대화가 궁색하다.

같이 밥 먹고, 같이 장 보고, 그 하루가 그 날이다.

한 자리에 앉아 있는 식구들의 손놀림은 각자 쉴 새 없이 바쁘다. 카카오톡으로 들어온 메시지에 답 글을 쓰고, 갖가지 정보를 접하며 나누고 싶은 정보는 지인들에게 공유하는 애를 쓰기도 한다. 여기저기에서 보내온 동영상의 음악과 좋은 글들을 보며 여러 감정들에 젖어들기도 한다. 그러다가 뭔가 삐끗하기라도 하면 논쟁이 언쟁으로, 언쟁은 서서히 언성이 높아지며 일순간에 싸움으로 번지고 만다.

요즘 시즌 3가 인기리에 방영 중인 드라마 〈결혼작사, 이혼작곡〉에 재미가 들렸다. 현대인들이 누구나 겪을 수 있고 주변에서도 흔하게 보고 들려오는 불륜과 이혼과 재혼, 그 과정을 겪어야만 하는 자녀들의 의식세계를 보여주는 새로운 주제에 더욱 관심이 가고 흥미롭다. 한 가장의 실수로 가정이 깨지고 파탄에 이르는 과정을 고스란히 내보여준다. 지난 시즌에서 보여줬던, 불륜을 저지른 남편과 이혼을 주장하는 아내와의 단 둘만이 이어가는 대화는 감동이었다. 남녀 주인공인 이태곤과 박주미는 한 시간이 넘는 그 길고 많은 분량의 대사를 어떻게 다 외웠을까, 감탄스럽다. 긴박감 넘치는 논쟁이었다. 백분 토론을 보는 듯 빠져들어 몰입했다. 한 치의 과장도, 거짓도 없는 누구나의 심리를 가감 없이 보여줬다. 실제 상황인가, 착각을 일으켰다. 시청자들에게 특히 여성 아니, 아내들에게 사이다 같은 통쾌함과 손에 땀이 쥐어지는 광경이었다. 가정을 깬 남편의 이기적인 행동들, 뻔뻔함과 무책임함에 아내들은 분노했고 작가에게 찬사를 보냈다. 이혼 후의 여자들의 삶이 예전하고 다름을 인식시켜 주고 부모의 재혼을 바라보는 자녀들의 시선과 의식이 새로워짐도 보여준다. 이혼한 가정의 자녀들이 부모의 재혼을 이해하며 받아들이는 긍정적인 모습은 예전과 다른 많은 변화와 발전이 되었음을 예고한다.

신선하다.

드라마 속 아내가 겪고 있는 고통이 마치 내 일 인양 같이 흥분하고 분노하고 동정을 보내기도 한다. 나라면 어떻게 했을까. 드라마 안의 삶에서 비춰지는 화려함에 대리 만족도, 은근한 부러움도 가져본다.

얼마 전에 종영한 〈스물 하나, 스물다섯〉이란 드라마는 예뻤다. 배우들의 연기와 그들이 나누는 대사와 여배우 김태리의 일품 연기, 남자배우 남주혁이 김태리를 바라보는 눈빛에는 "어머 멋있어!" 하며 설레기도 했다. 풋풋하고 순수한 이십대의 연애이야기는 너그러워지기도, 안타깝기도 했다. 나의 이십대를 거꾸로 느껴본다.

아씨, 모래시계, 허준, 대장금, 겨울연가, 태양의 후예, 이런 드라마들은 지금도 명품 드라마라 회자되고 있다.

주말 저녁, TV 앞에 앉아 식구들이 유일하게 하나가 되는 시간이다. 이어지는 드라마 스토리와 아름다운 대사에 공감하며, 엇갈리는 갖가지의 의견이 분분하기도 하다. 드라마 OST*

---

* OST: '오리지널 사운드트랙(Original SoundTrack)'의 약자
  영화나 방송 드라마 같은 영상물의 배경 음악과 삽입곡

에 가슴이 뜨겁고, 남녀 주연들의 일품연기에 감탄사를 연발 날리며 극중의 캐릭터들에게 부러움도, 울기도, 웃기고 한다. 스토리에 대해 이렇다, 저렇다 깔깔대며 웃고 흉도보고 칭찬도 아끼지 않는다. 한 시간 남짓 누릴 수 있는 자유롭고 평화로운 때다.

  사람들에게 드라마 보냐고 물으면 "난 드라마 안 봐!" 하며 단호하리만치 대답을 한다. 듣기에 따라서는 마치 드라마 보는 건 격이 떨어지고 할 일 없는 사람들이 보는 거라는 야릇한 뉘앙스가 배여 있어 보인다. 그럴 때마다 나는 드라마 홍보대사라도 된 양 좋은 드라마의 장점을 나열하며 드라마를 봐야 하는 홍보에 나선다. 그리고 묻는다. 그럼 저녁 먹고 나서 자기 전까지 뭐 하냐고. 거의 한결같은 대답은 유튜브 보거나 책 보거나 혼자 할 일 한다고 한다. 남편과 아내가 따로 있는 시간들이 대부분인 경우를 볼 수 있다.

  그 시간도 중요하지만 드라마에 빼앗긴다고 생각하는 것들, 드라마 보는 시간이 아깝다고 여기는 것들에 대한 오해와 편견을 깨주고 싶은 욕구가 마구 솟구친다. 정서적으로 풍요로움의 시간이라고. 훌륭한 작가들의 드라마는 볼만하다고. 배경음악도 좋다고, 힐링이 된다고. 마구 쏟아내고 싶다.

자녀들이 사회생활을 하며 일터로 나가고 나면 가족들이 한자리에 모여 밥 한 끼 먹기도 어렵다는 세상이다. 드라마를 보며 히히거리고 같이 감정을 나눌 수 있는 일주일에 한번 찾아오는 주말 저녁은 여유로운 쉼의 시간이다. 안식의 시간이다.

한 시간 남짓 오고가는 사소한 수다, 사소한 웃음, 사소한 대화. 딸들도 합세하여 웃고 떠드는 이 시간이 나는, 소박해서인지 참 행복하다. 사소한 수다가 주는 즐거움은 평화로움이다. 맑고 환타 같은 맛이다.

"다음 주에는 어떻게 될까? 사피영이 서동마의 고백을 받아줄까?"

어떤 수다가 펼쳐질까.

가족들과의 궁색한 대화는 어디가고 기다려지는 시간.

유 혹

나를 유혹하는 것
나를 넘어뜨리는 것

너는

사탄이니
사탕이니

꽃과 여인

여인아

너는 어디를 보고 있니

살짝 미소 지은 너의 다문 입술은

다정해보이고

손가락에는 반지

손목에는 화려한 팔찌

머리에는 연노란 꽃을 달고

손톱에는 파란색 매니큐어가

조각조각 형형색색

예쁜 옷을 입고

아름다움으로 감싸고 있네.

1959년 10월에 탄생한 너는
1985년 10월에
요염하고 매력적인 자태를 뽐내고 있구나.

종려나무처럼
아름다운 여인처럼.

주) 형부가 저자에게 그려준 그림 '꽃과 여인'을 보고 쓴 글

자가 격리

집안을 둘러본다.

곳곳이 잠자고 있다.

겨울 코트는 바람 쐬고 싶다고

겨울 부츠는 겨울 구경도 못 했다고

밍크 모자, 털모자는 언제 쓰냐고

까만 목도리, 빨간 목도리, 하얀 목도리,

모두 주인이 그립다고 한다.

장갑도, 털신도 나가고 싶단다.

립스틱, 마스카라도 말라 있다.

피부도 해와 달을 못 보니 푸석거린다.

모두들 자가 격리 중

코로나 19

니가 뭔데 우리를 가둬놓고 있는 거니?

인간에 대한 경고라고?

자가 격리 하고나면 서로 사랑하겠노라고

약속이라도 할까?

클 럽

화장을 고치고
짧은 치마 입고
장화 신고

너 어딜 가니…?

드립커피처럼

커피를 좋아한다.

커피를 마시기 위해 밥을 먹는다. 핸드드립커피를 즐겨 마신다. 핸드드립커피는 손으로 내리는 작업을 통해서 만들어진다. 커피의 향이 코끝에 전달되기까지 까다로운 절차를 거쳐야 한다.

원두의 종류도 다양하다. 겉모양은 다를 바 없지만, 지형에 따라 원두의 성질과 특성도 다양하다. 맛과 향이 다르다.

원두를 볶는다. 볶은 원두를 그라인더*로 갈아준다. 볶을 때의 온도도 커피의 맛을 좌우한다. 녹색 빛깔을 띤 원두가 갈색의 가루로 변하여 필터를 통해 걸러진다. 흑갈색의 액체

---

* 그라인더: 원두를 가는 분쇄기

가 서버*로 타고 내려진다. 커피가 된다. 예술이다.

물의 온도도 예민하다. 원두의 볶아진 농도와 양, 물의 온도가 88도~95도로 적절하게 배합이 될 때 최고의 커피가 만들어진다. 바리스타의 세밀하게 떨리는 손끝에서 커피의 맛이 결정된다. 훌륭한 바리스타는 말한다. 커피를 내리는 순간은 숨도, 심장도 멎듯이 혼신을 다한다고. 실패를 거듭하고 정성을 기울일 때, 맛있는 커피를 마실 수 있다.

수필은 드립커피다.

핸드드립커피가 완성되는 과정과 같다.

글쓰기를 좋아한다.

글을 쓰기 위해 밥을 먹진 않지만, 내 안에 녹아 든 영혼을 쏟아내기 위해 수필을 쓴다.

수필 쓰기에도 순서가 있다.

핸드드립으로 커피를 내리는 손길처럼 까다로운 절차가 필

---

* 서버: 추출된 커피를 담는 도구

요하다. 몸과 마음을 정하게 한다. 주변도 깔끔하게 정돈을 한다. 하나님의 지혜대로 좋은 글을 쓰게 해달라는 기도를 하고 시작한다. 새벽에 쓸 때 집중력도 최고다. 보고 느끼면 바로 쓴다. 다시 고치고 여러 번 수정을 거듭한다. 볼 때마다 다른 글이 된다. 적어도 여섯 번 정도는 퇴고 하라고 배웠다. 그이상을 보고 또 본다. 독자의 마음으로 바라본다. 나의 깊은 내면이 보이도록 사유하며 시간을 투자 한다. 밤을 꼬박 샌다. 고된 노동을 거쳐야 향기 나는 글이 만들어진다. 물의 온도에 따라 각기 다른 커피가 결정 되듯, 내리는 손길마다 맛이 다르듯, 글도 여러 색으로 만들어진다. 마음에 들 때까지 생각한다. 쓰고, 들여다보고 고치기를, 몇 번의 산고 끝에 맛있는 글이 탄생된다.

드립커피를 내리듯, 마음을 울리는 글이 되도록 힘을 다한다. 있는 그대로 풀어낸다. 어렵지 않고 화려하지 않게 쓴다. 나의 의지와 독자들의 의지가 소통이 되기를 소망한다. 심혈을 기울인다.

수필도 여러 과정을 통해서 살아있는 글로 탄생된다. 혼을

다해 갈고 닦은 글이, 섬세한 손끝에서 연마되어 생명의 글이
된다.

독자들의 숨결에 나의 숨결이 닻을 내린다.

수필은 드립커피다.

드립커피가 만들어지는 건 예술이다.

수필도 예술이다.

나의 수필 쓰기는 이렇게 만들어진다.

지은이 **최남숙**

서울출생.
중앙대학교 음악대학 작곡과 졸업.
전, 중학교 음악교사
2017년 수필 '아버지 밥상'으로 신인상 수상.
2017년 12월 〈현대수필〉로 등단.
제1회 경기수필공모전 우수상 수상.
한국수필학회 회원
〈계간현대수필〉 작가회 이사.

이메일 : musicjj80@hanmail.net

아버지 밥상

2024. 6. 5. 초 판 1쇄 인쇄
2024. 6. 19. 초 판 1쇄 발행

지은이 │ 최남숙
펴낸이 │ 이종춘
펴낸곳 │ **BM** ㈜도서출판 **성안당**
주소 │ 04032 서울시 마포구 양화로 127 첨단빌딩 3층(출판기획 R&D 센터)
      │ 10881 경기도 파주시 문발로 112 파주 출판 문화도시(제작 및 물류)
전화 │ 02) 3142-0036
      │ 031) 950-6300
팩스 │ 031) 955-0510
등록 │ 1973. 2. 1. 제406-2005-000046호
출판사 홈페이지 │ **www.cyber.co.kr**
ISBN │ 978-89-315-8599-5 (03810)
정가 │ 13,000원

이 책을 만든 사람들
책임 │ 최옥현
교정·교열 │ 최옥현
본문 디자인 │ 이다혜
표지 디자인 │ 박원석
홍보 │ 김계향, 임진성, 김주승
국제부 │ 이선민, 조혜란
마케팅 │ 구본철, 차정욱, 오영일, 나진호, 강호묵
마케팅 지원 │ 장상범
제작 │ 김유석